NAVID LINNEMANN

STAMBUL

GESCHICHTEN ZWISCHEN
SULTANAT UND REPUBLIK

BoD

Für meinen Großvater

2. aktualisierte Auflage 2019

Bibliografische Information der Deutschen Nationalbibliothek:
Die Deutsche Nationalbibliothek verzeichnet diese Publikation in der Deutschen Nationalbibliografie; detaillierte bibliografische Daten sind im Internet über http://dnb.dnb.de abrufbar.

Herstellung und Verlag: BoD – Books on Demand, Norderstedt

ISBN: 978-3-7481-1646-2

INHALT

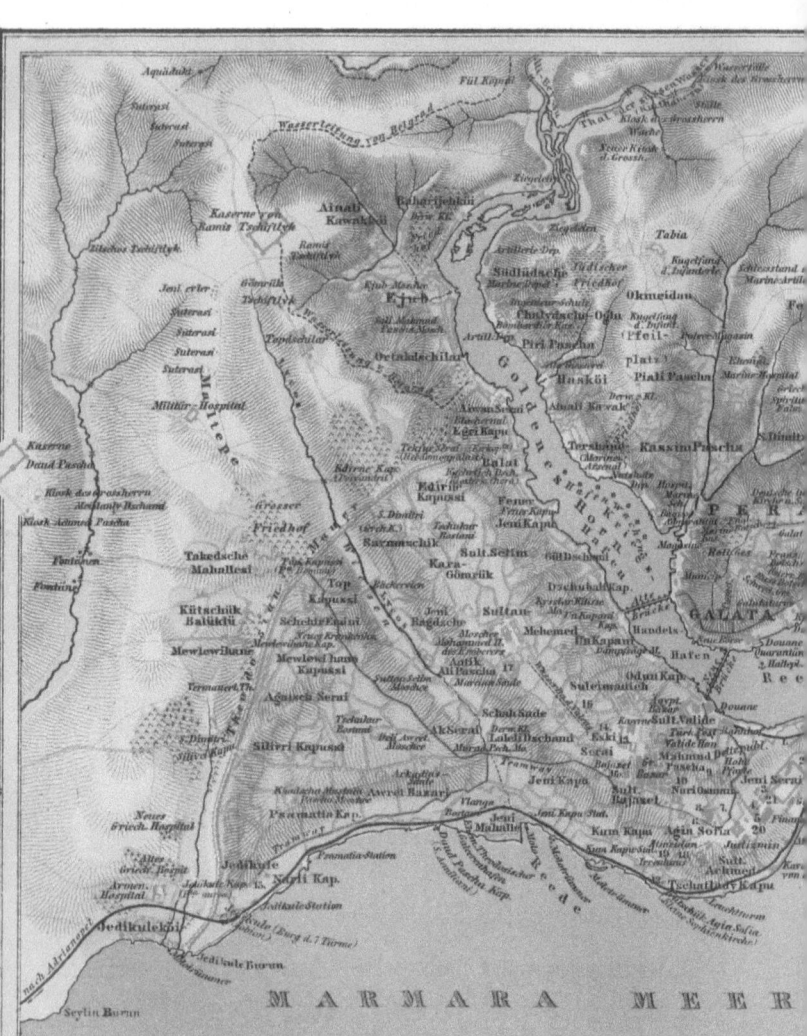

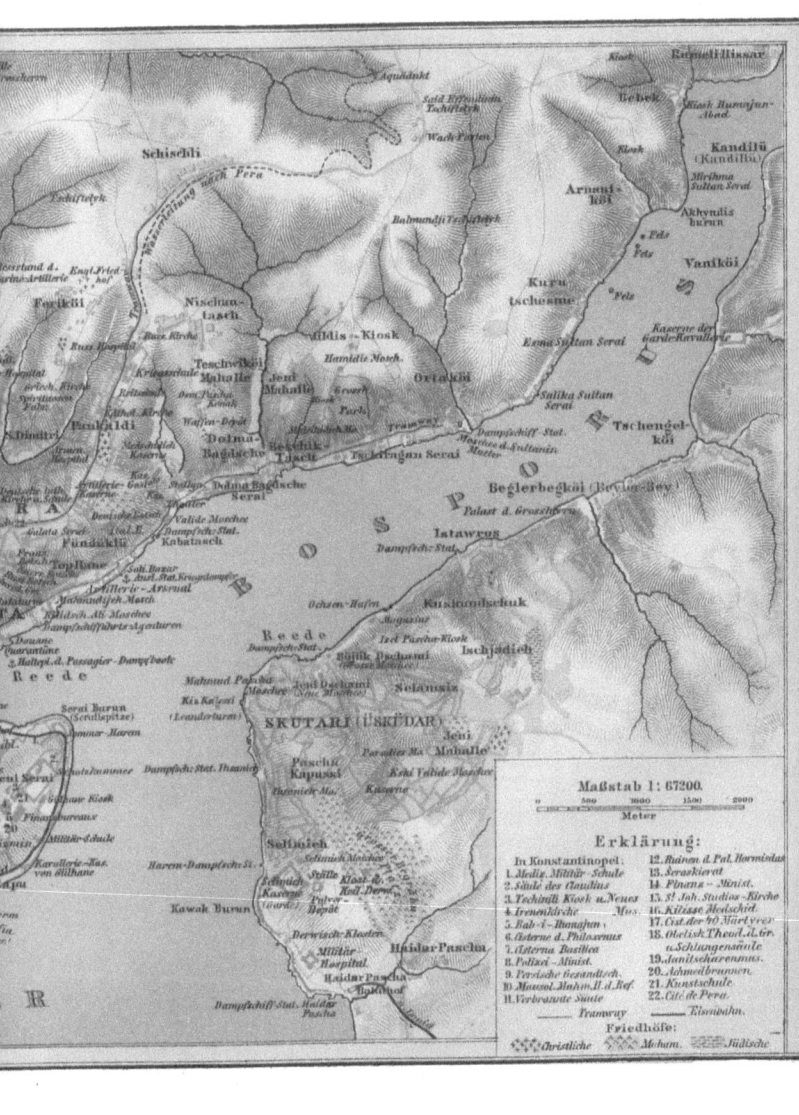

STÜRMISCHE PASSAGE

Drei Stufen ging es hinauf. Ein kurzer Sprung und der feste Boden verwandelte sich in die unruhig schwankenden Planken eines Holzbootes. Der Starkregen hämmerte auf das kleine Blechdach. Kaum hörbar die dicken Tropfen, die vom schweren Wollmantel des letzten Passagiers auf die Holzdielen schmetterten. Wenn auch der Regen nicht mehr traf, so dienten die nassen, langen Haare des Mannes als schier unendliche Quelle neuen Wassers. Schon nach kurzer Zeit bildete sich eine Pfütze um den Schwarzhaarigen.

Die Handvoll anderer Passagiere saß eingepfercht auf Deck und zuckte zusammen, als sie den Wassermann erblickte. Sie selbst waren noch trocken, denn der Wetterumschwung von Sonne auf Regen war kaum drei Minuten alt.

Die Nussschale legte ab und kämpfte sich ihren Weg entlang des Ufers von Bostandschi in Richtung Stambul. Aus südwestlicher Richtung, vom Marmara Meer her, schoben sich die Luftmassen mit brachialer Gewalt auf das Land zu. Die Winde peitschten immer heftiger gegen das Boot, doch es hielt wacker seinen Kurs.

Der Kapitän war ein erfahrener Mann. Seit Jahren schon überquerte er mit kleinen Seglern, Ruderbooten und manchmal auch den größeren Dampfschiffen, die Meerenge zwischen Europa und Asien. Heute war er Fährmann, doch früher hatte er im Auftrag des Sultans den deutschen Kaiser und andere Gäste auf Erkundungsfahrten rund um das Zentrum des Reichs geleitet.

Der Mann stand wie ein Fels in der Brandung auf der Kommandobrücke seines Schiffs. Sein Blick konzentrierte sich auf den schmalen Sichtbereich vor dem Bug. Der Regen hatte sich so stark verdichtet, dass es den Anschein hatte, er bestünde aus dicken gläsernen Seilen. Ein Seemann zöge wahrscheinlich den Vergleich mit den Barten eines Blauwals vor, doch solche Gedanken spielten sich augenblicklich nicht im Kopf des Kapitäns ab. Er stand weiter auf seinem Posten, spähte in das trübe Graublau vor ihm und stieß von Zeit zu Zeit einen Fluch aus.

Steuerbord voraus erschien die Flamme des Leuchtturms von Fener Baghtsche. Der Kurs stimmte. Mühsam kämpfte sich die Fähre weiter in Richtung der mächtigen Metropole auf der europäischen Seite des Bosporus.

Etwas weiter unterhalb des alten bärtigen Kapitäns stießen die Reisenden kurze Gebete zu ihren Göttern aus. 'Bismillahi 'r rahmani 'r rahim![1]'; 'Deus, propitius esto mihi peccatori![2]' Nur der Wassermann stand unverändert auf der Mitte des Passagierdecks. Der Sturm, wenngleich er an Stärke immer weiter zunahm, schien ihn nicht zu kümmern. Unbeeindruckt blickte er auf die stürmische See, die eins wurde mit dem verdunkelten Himmel über ihm.

Das Schwanken des Bootes nahm kein Ende. Die Wellen schlugen höher und Gischt schäumte über die

---

1   Arab./Osman. "Im Namen Allahs des Allerbarmers des
     Barmherzigen!"
2   Lat. "Herr, sei mir Sünder gnädig!"

Reling. Während an den Ufern des Kanals mit letzten Handgriffen die Ruderboote noch einmal notdürftig und sturmsicher vertäut wurden, ging für die kleine Fähre die Reise weiter. Auf der Brücke wartete der Kapitän auf das Lichtzeichen des nächsten Turmes. Doch es kam und kam nicht. Eisige Minuten verstrichen.

Eine Orkanböe riss ein Loch in das dünne Dach über den Reisenden. Sie wurden dem Wassermann ähnlicher, wenn auch sein stoisches Verhalten nicht auf sie abfärbte. Dort endlich, das lang ersehnte Leuchten. Der Kapitän setzte seinen Kurs Backbord auf das Goldene Horn. Sein Schiff lag jetzt am Wind und der Leanderturm, mit seiner tragischen Legende, hinter ihm. Ob die Gebete der Passagiere halfen, Leanders Schicksal zu verhindern, war ungewiss. Den tragischen Helden der griechischen Mythologie tötete die durch Sturm erloschene Fackel. Die Fackel auf dem Kanal hingegen leuchtete – wenn auch kaum merklich – durch den Orkan.

Wind und Regen kamen von allen Seiten. Dem Kapitän fiel es schwer, Kurs zu halten. Eine Welle rauschte seitlich vom offenen Meer heran, doch eine nächste kam von vorn. Mit gewaltiger Kraft riss sie den Bug des Schiffes in die Höhe, nur um ihn im nächsten Moment auf ihrer Talfahrt fast auf den Grund der See zu drücken.

Der Wellengang nahm noch einmal zu und immer mehr Wasser drang auf das Deck des Schiffes. Das rettende Licht war endgültig verschwunden. Zu hoch die Wellen, zu stark der Sturm. Ein Passagier schrie laut auf, als ein besonders großer Brecher das Boot fast zum Kentern brachte.Ein anderer, neben ihm, übergab sich derweil mehr neben als in einen Eimer. Die meisten der übrigen Reisenden ergaben sich ihrem Schicksal, den übernatürlichen Kräften, die jetzt das Boot zu lenken schienen. Unablässig das Beten der Reisenden und das Fluchen des Kapitäns. Einzig der Wassermann war nicht aus der Ruhe zu bringen.

So ging die Reise weiter über Minuten, die sich zu Stunden zogen. Unruhe brach bei der Mannschaft aus. Nicht, weil der Sturm stärker war als jeder Sturm zuvor, sondern weil das erlösende Ufer längst hätte erreicht sein müssen. Doch kein Turm, kein Haus in Sicht. Nicht die großen Moscheen des alten Stambuls, noch der Turm von Galata. Nur heftiger Wind um die Köpfe der armen Teufel und Wasser von allen Seiten.
  Ganz plötzlich zerriss ein ohrenbetäubendes Krachen erst die Luft und dann die Flanke des Schiffs. Panik brach aus, als sie begriffen, was dort geschehen war. Die Fähre sank, Männer sprangen über Bord, als sich kein zweites Boot zur Rettung fand. Kreischen, Beten, Schreien, Fluchen. Die Luft war gesättigt von Gischt und Angst. Nur einer stand unbeweglich auf Deck, mit einer Hand an der Reling, als eine letzte große Welle das Schiff nach kurzem Kampf in die Tiefe zog.

*

Ein Mantel wurde an das Ufer gespült. Die obere Öffnung des Stoffs ließ einen Kopf erkennen. Das Gesicht in die kleinen Steine am Ufer gedrückt. Der Großteil des Mantels war jedoch bedeckt von einer ruhig daliegenden See. Sanft schaukelten lange schwarze Haare im Rhythmus der Strömung auf und ab.

Aus dem Kloster der Insel Prinkipo kam ein Mönch hinabgestiegen. Zügig schritt er auf den dunklen Flecken Treibgut zu. Ein Stoß mit einem Stock. Das Wollknäuel aus Mantel und Haaren prustete. Langsam richtete es sich auf.

Der Wassermann schaute den Mönch verärgert an und schimpfte: „Schon wieder nicht."

THEATER IM PALAIS

Der letzte Korken knallte. Sechs weitere Gläser wurden mit schäumendem Champagner befüllt und den gerade Ankommenden in die Hände gedrückt, bevor es auch für sie, dem roten Teppich folgend, in das obere Stockwerk ging. Der Botschafter Seiner Majestät des Kaisers Franz Joseph von Österreich-Ungarn nippte nervös an seiner Flöte. Er war noch recht jung in seiner Stellung am Bosporus.

In diesem Moment konnte er auch die letzten Gäste am oberen Ende der Treppe vor den weiß gestrichenen Flügeltüren mit den leicht zerkratzten Glaseinsätzen begrüßen. Alles, was Rang und Namen am Hofe des Sultans hatte, war der Einladung zum Konzert gefolgt. Auch die Nachzügler, darunter der Direktor der Polizei von Stambul mit einem weiteren blau Uniformiertem sowie der Botschafter des Zarenreiches nebst seiner Gattin, einer betuchten Gräfin aus St. Petersburg, waren nun über die Schwelle und hinein in den Konzertsaal getreten. Die Herren kannten sich. Tief ins Gespräch versunken, ließ man sich kaum durch den jungen Österreicher ablenken.

„Meine Hochachtung", sagte der Polizeichef gerade auf Französisch, der Sprache des europäischen Stambuls, zum russischen Botschafter, „Ihre Frau Gemahlin lässt heute Abend wieder alle anderen Damen vor Neid erblassen. Doch sagt, hat sie etwas an ihren Haaren verändern lassen? Mir scheinen diese ein wenig dunkler, als bei unserer letzten Begegnung im Dolma Bagdsche Serai[1]."

„Ihr müsst Euch täuschen, mein lieber Herr Kommissar."

Doch die folgenden Worte des russischen Botschafters hörte der Polizeidirektor nicht mehr, denn ein merkwürdig fruchtiger Geruch nach Waldbeeren stieg ihm in die Nase, als die Gattin des französischen Botschafters an ihm vorbei glitt, um sich neben ihrem Gemahl an der nördlichen Flanke des T-förmig angelegten Konzertsaals niederzulassen.

Zwischen den zehn Marmorsäulen – davon je vier in den kunstvoll tapezierten Flügeln und zwei im Kopfteil zum Bosporus hin – waren kleine Kaffeetische platziert, um die sich jeweils eine Handvoll gepolsterter Lehnstühle versammelten. In der Mitte des Raums befand sich ein außergewöhnlich schöner Flügel – die Rede ist an dieser Stelle von einem Tasteninstrument – wie er nur selten im Orient anzutreffen war. An sonnigen Tagen schien durch die gut acht Schritt hohen, jedoch sehr schmalen, Fenster das Licht von drei Seiten herein. Bis in die Mitte des Raums drang es jedoch nur selten, was auch an den dunklen Tapeten gelegen haben mochte. Um dem entgegenzuwirken, waren anstelle der sonst üblichen Ölgemälde mannshohe Spiegel aufgehangen. Doch auch sie schafften es bei Tage nicht, den Schatten im Palais etwas entgegenzusetzen. Erst recht nicht an diesem Abend, an dem draußen bereits die Sonne ihren Schlaf angetreten hatte und vom Mond noch jede Spur fehlte.

---

1 Palastanlage am europäischen Ufer des Bosporus, Sultansresidenz

Immerhin, über dem Klavier glitzerten Tausende kleiner Kristalle, welche das Licht, das von Kerzen an den Wänden in die Raummitte herüber schimmerte, brachen und in alle drei Richtungen des Konzertsaals verstreuten.

Die zahlreichen türkischen Diener geleiteten alle ankommenden Gäste zu ihren Plätzen und servierten zunächst einen starken Kaffee und frisches Wasser. Etwas Gebäck in Schälchen lag schon auf den Tischen bereit. Im hinteren Bereich der rechten Seite – dem Geruch nach lag dort die Küche – war man damit beschäftigt, Weine aus der Steiermark zu entkorken, die nach dem Kaffee serviert werden sollten. Gerade brachte einer der Diener ein weiteres Schälchen mit Gebäck an den Tisch, an dem seit geraumer Zeit der Botschafter Italiens saß.

Nun, da alle geladenen Gäste Platz genommen hatten und bereits in die üblichen Gespräche solcher Anlässe vertieft waren, versuchte der Botschafter Österreich-Ungarns, sich durch ein Räuspern bemerkbar zu machen. Erst nach einigen Worten seiner offiziellen Begrüßung kehrte Ruhe unter den Anwesenden ein.

„Meine sehr verehrten Herren Abgesandte des kaiserlichen osmanischen Hofes, meine sehr verehrten Botschafter und natürlich, meine gnädigen Damen. Ich darf Sie alle heute Abend im Namen Seiner Majestät des Kaisers Franz Josef von Österreich-Ungarn hier im wunderschönen Palais an den Wassern des Bosporus begrüßen. Auf Wunsch Seiner Majestät und zu Ihrer aller Unterhaltung haben wir das beste Klavierquartett Wiens heute Abend in unserer Mitte.“

Wenn sie es nicht ohnehin schon auf verschlungenen Pfaden erfahren hatten, merkten die erfahrenen Diplomaten es ihrem neuen Mitspieler am Hofe spätestens jetzt an: Er war kein Mann der großen Worte. Der Botschafter zog die Diplomatie des Hinterzimmers einer großen Bühne vor. So wunderte es sie auch kaum, dass er nach dieser äußerst kurz geratenen Begrüßungszeremonie nur wenige weitere Worte verlor und bald darauf in einem der vorderen Lehnstühle Platz nahm. Das allgemeine Geplauder setzte wieder ein und auch der Botschafter Seiner Majestät unterhielt sich mit seinem Sitznachbarn, dem Abgesandten des deutschen Kaisers. Kaum einer der Anwesenden nahm Notiz, als die vier Musiker den Saal betraten.

Während der Pianist sich an den Flügel setzte, zupften die übrigen Drei einige Male an den Seiten von Violine, Viola und Violoncello. Ein paar der Gäste drehten daraufhin ihre Köpfe zur Raummitte. Doch es dauerte noch einige Augenblicke mehr, bis dass verhaltener Applaus einsetze und die Musiker mit ihrer Eröffnung, dem Klavierquartett Nummer 1/KV 478 von Mozart in g-Moll, begannen. Die allermeisten Gespräche waren nun verstummt. Man schaute teils interessiert, teils gelangweilt zu den Musizierenden und trank dabei den servierten Kaffee. Das schwach glitzernde Kerzenlicht trug zur gediegenen Atmosphäre sein Übriges bei. Alles in allem ein ganz gewöhnlicher Abend der elitären Diplomaten von Stambul.

Nach einiger Zeit – das Quartett war mittlerweile zu Opus 25, des erst vor wenigen Jahren in Wien verstorbenen Komponisten Johannes Brahms, übergegangen – fegte eine heftige Böe vom Nordflügel her durch die geöffnete Balkontür und auf der gegenüberliegenden Seite wieder hinaus. Jemand musste auch hier die Türe zum Balkon geöffnet haben. Mit einem Mal war es stockfinster. Nicht eine Kerze hatte den Windzug überlebt und auch das Musikspiel war abrupt verstorben. Einige der anwesenden Damen stießen einen kurzen Schrei aus. Es dauerte jedoch nicht lange, da trugen die aus der Küche herbeieilenden Bediensteten Öllämpchen in den Konzertsaal. Mit diesen ließen sich auch die Kerzen in den Wandhalterungen wieder entzünden. Zur Sicherheit wurden nun alle Türen und Fenster auf ihre Verriegelung hin überprüft.

Als der gastgebende Botschafter gerade um Ruhe bitten wollte und den Musikern mit einer Handbewegung bedeute, ihr Spiel fortzuführen, ertönte ein heller Schrei von einem der Lehnstühle des Südflügels.

„Was ist denn nun schon wieder?", erkundigte sich der Botschafter mit leichter Verärgerung in der Stimme.

„Sie ist weg!", antwortete die Gattin des russischen Botschafters und schob ein lautstarkes Schluchzen hinterher.

„Was ist weg?", hakte der Österreicher nach.

„Meine Kette! Meine teure Perlenkette!"

Unter dem Schluchzen war die Russin zunächst nicht zu verstehen gewesen.

Allgemeines Durcheinander setzte unter den Übrigen ein. „Ein Dieb ist im Saal!" – „Man hat die Gräfin bestohlen!" – „Haltet den Dieb!" – „Zu Hilfe!" So und anders klang es gleich in mehreren Sprachen durch den Konzertsaal.

„Seids stad! Fix no amoi, es langt![1]", versuchte der Hausherr das entstandene Durcheinander wieder unter Kontrolle zu bringen. Ein lautstarkes Durchgreifen, welches keiner der Anwesenden bei ihm für möglich gehalten hätte. Mehr aus Verwunderung, denn aus Gehorsam ebbte das wilde Geschrei ab. Die genauen Worte waren ohnehin nicht verstanden worden. Diese Gelegenheit nutzend, ging der Botschafter schnellen Schrittes hinter das Tasteninstrument. Zwei der Diener rief er dabei zu sich, damit diese die Türen block-ierten. Zu Sicherheit wurde auch ein Dritter zu den Soldaten, welche die beiden Eingangstore des Palais bewachten, geschickt, um diese in Alarmbereitschaft zu versetzen. An den Polizeichef gerichtet fuhr er nun in gemäßigter Stimme und wieder auf Französisch fort:

„Mein geschätzter Herr Direktor, vielleicht können Sie und Ihr Kollege uns bei dieser Sache behilflich sein. Sie haben doch sicher Übung darin, ein Verbrechen aufzuklären."

„Selbstverständlich", entgegnete dieser. Unsicher, ob es sich bei den Worten des Botschafters um eine unterschwellige Beleidigung handelte oder nicht. An die russische Gräfin gewandt fuhr er fort:

„Meine Teuerste, was genau ist denn abhanden gekommen und wann haben Sie es zuletzt gesehen?"

---

1   Österr. „Seid ruhig! Verflucht noch mal, es reicht!"

„Meine Kette, ein Geschenk meines Gatten von unvorstellbarem Wert. Drei Reihen in Gold gefasste Perlen aus den tiefsten Flüssen meiner Heimat.

Und zuletzt gesehen haben Madame die Kette wann?"

„Na, bevor das Licht erlosch. Danach war sie weg."

„Haben Sie schon unter Ihrem Stuhl nachgesehen? Vielleicht ist die Kette vor Schreck einfach nur hinuntergefallen?"

„Hier ist nichts," schaltete sich nun auch der russische Botschafter in das Gespräch ein, „ich habe selbst schon nachgesehen."

„Wohl dann," sagte der Polizeichef, „wir werden das verschwundene Schmuckstück schon wiederfinden."

Seinen uniformierten Begleiter schickte er zur nahe gelegenen Polizeistation, um dort ein paar Männer zusammenzutrommeln. Daraufhin bat er den Hausherren darum, das gesamte Personal zu versammeln. So ließe sich feststellen, ob einer der Diener womöglich der Dieb sei und bereits die Flucht ergriffen habe. Die Vermutung lag nah, dass der Täter unter den weit weniger Begüterten zu finden war. Doch ganz ausschließen konnte man bekanntlich nichts.

In der Zwischenzeit schauten sich die Anwesenden um. Konnte vielleicht auch einer der Ihrigen der Dieb sein? War es möglich, dass es unter den Diplomaten der anderen Nationen oder den Bürokraten der Hohen Pforte Neider gab? War der Luftzug, der das Licht verlöschte, vielleicht geplant? Hatte man es auf den russischen Botschafter, und damit auf den Zaren, abgesehen? Oder war es doch nur die Tat eines türkischen Dieners, der die Gunst der Stunde nutze und aus dem die Gelegenheit einen Dieb gemacht hatte. Man war gespannt, harrte der Dinge, die da kamen, und tauschte flüsternd die eigenen Vermutungen mit seinen Sitznachbarn in den anliegenden Lehnstühlen aus.

Die Bediensteten der österreichisch-ungarischen Botschaft waren noch nicht alle versammelt, da setzte der Polizeichef seine Befragung der Bestohlenen fort.
„Madame, was ist Ihnen zur Tatzeit aufgefallen?"
   „Sie meinen, außer, dass es plötzlich dunkel war und Schreie durch den Saal hallten?"
   „Genau das meine ich."
   „Nichts weiter. Ich erschrak ja selbst ob der unversehens einsetzenden Finsternis."
   „Gesehen oder gehört haben Madame Gräfin also nichts."
   „Nein, das sagte ich doch."
   „Haben Madame vielleicht eine leichte Berührung gespürt?"
   „Auch das nicht".
   Die Russin zögerte einen Moment.
   „Ja?", fragte der Polizeichef weiter nach.
   „Nun ja", zögerte sie noch einen weiteren Moment. „Da war so ein eigenartiger Geruch, in dem Moment, da die Kerzen erloschen."
   „Ein Geruch?"
   „Jawohl, ein Geruch!"
   „Und wonach roch es, Madame?"

„Ich bin mir nicht sicher, es war nur für einen oder zwei Atemzüge. Es könnte der Duft von Kirschen gewesen sein."

„Kirschen wohl kaum", rief der deutsche Botschafter dazwischen und sein Pendant aus Italien lachte vergnügt:

„Vielleicht waren es Trauben, köstliche, zu Wein vergorene Trauben."

Ein paar der Anwesenden lachten auf.

„Mäßigen Sie sich bitte etwas, meine Herren", erhob nun der russische Botschafter wieder das Wort, „immerhin geht es hier um ein Verbrechen, welches der Herr Polizeidirektor für uns alle aufzuklären gedenkt."

Das Lachen verstummte.

„Jetzt weiß ich es!", rief nun die Gräfin. „Es duftete nach frischen Waldbeeren."

„Und die sollen wo hergekommen sein?", gähnte der Italiener. „Das Gebäck hier auf den Tischen ist zumindest völlig frei von Früchten... und jeglicher Süße."

Wieder erntete er ein paar Lacher.

„Waldbeeren", dachte der Polizeichef laut nach. „Waldbeeren habe ich heute Abend auch schon einmal gerochen."

Mit festen Schritten durchquerte er den Raum zum Nordflügel, wo der französische Botschafter und seine Gattin immer noch in ihren Lehnstühlen saßen. Sie hatten bisher kein Wort gesagt. Alle Augen waren nun auf den Polizeichef gerichtet, der sich neben der Französin niederbeugte und gut hörbar durch die Nase einatmete.

„Kommen Sie doch einmal hier herüber, verehrte Gräfin. Ist dies der Duft, der Ihnen in jenem Moment in die Nase stieg?"

Die Russin tat, wie ihr geheißen und bestätigte die Vermutung des Direktors.

„Also das ist doch wirklich eine Unverschämtheit", ergriff nun endlich auch der französische Botschafter das Wort. „Sie wollen doch nicht wirklich andeuten, meine Gemahlin sei eine Diebin!"

„Es steht zumindest der Verdacht im Raum, Eure Exzellenz", entgegnete der Stambuler Polizist kühl.

In diesem Moment kam der zweite Uniformierte zurück in den Konzertsaal, drei weitere Beamte im Schlepptau.

„Das ist unerhört", ereiferte sich der Franzose weiter. „Wie soll sie denn in der Kürze der Zeit von hier, am Flügel vorbei, auf die andere Seite des Raums und dann wieder zurück gelaufen sein? Noch dazu, ohne dass es jemand, geschweige denn ich selbst, mitbekommen hätte?"

„Das sollte uns doch Ihre Frau Gemahlin beantworten können. Immerhin trägt sie das verräterische Parfum an sich, welches im Moment des Diebstahls in die Nase der Bestohlenen kroch."

„Aber ich war es nicht", beteuerte die Französin an den Polizeichef gewandt.

Dieser entgegnete:

„Wer war es dann?"

„Woher soll ich das wissen? Ich saß doch die ganze Zeit über auf meinem Platz."

„Müdürüm[1]", mischte sich der zurückgekehrte Polizist in das Verhör ein, „wenn ich mich recht entsinne, kam der Windstoß von dieser Seite und ging hinüber zur anderen". Er deutete mit dem Finger vom nördlichen Flügel zum südlichen. „Da wäre es doch möglich, dass es der Wind war, der den Duft des Parfums zur Gräfin hinübertrug."

„Das wäre natürlich denkbar.", grübelte sein Vorgesetzter, „Dennoch verlange ich Einblick in den Beutel, den sie dort neben sich liegen hat."

Offensichtlich hatte der zweite Beamte recht, denn im Beutel der Diplomatenfrau befand sich die gesuchte Kette nicht.

Doch nur, da sich der eine Verdacht nicht erhärtete, musste die Suche nach dem Schmuckstück ja nicht gleich aufgegeben werden. Daher entschloss sich der Polizeichef, einem früheren Verdacht nachzugehen.

Die herbeigerufenen Diener warteten bereits seit geraumer Zeit an der fensterlosen Wand zwischen Flügeltür und Küche.

„Sind das alle?", fragte der Polizeidirektor seinen österreichisch-ungarischen Gastgeber.

Dieser kannte jedoch sein Personal nicht persönlich und erkundigte sich daher bei seinem für solche Angelegenheiten zuständigen Beamten, der ebenfalls unter den Anwesenden an diesem Abend war.

„Einer fehlt. Ein junger Bursche, der erst seit Kurzem in der Küche tätig ist. Ich habe ihn vor dem Zwischenfall Weinflaschen holen geschickt."

---

1   Türk. „Mein Direktor"

„Wie lautet der Name des Mannes?", wollte der Polizeichef wissen.

„Ahmet, glaube ich", entgegnete der Beamte.

„Gut, dann sucht mir diesen Kerl. Vielleicht ist er noch im Palais. Den anderen aber schaut dennoch auf die Finger und in die Taschen. Sicher ist schließlich sicher."

Die vier türkischen Polizisten teilten sich gemeinsam mit dem Beamten und drei weiteren österreichisch-ungarischen Bürokraten, welche die nötigen Schlüssel für das Gebäude besaßen, in vier Suchtrupps auf. Eine der Gruppen durchsuchte die übrigen Räume im Obergeschoss, in dem sich größtenteils der Konzertsaal befand. Eine Paarung aus Polizist und Schreiber ging hinaus in den Garten des Palais. Ein Sprung über die hohen Mauern der Anlage erschien ihnen unwahrscheinlich. Daher durchsuchten sie die Büsche im Garten unter Zuhilfenahme einer Lampe und fragten bei dieser Gelegenheit auch die Wachen an den Toren, ob der Gesuchte dort vorbeigekommen war. Jedoch ohne Erfolg. Die verbliebenen beiden Gruppen durchsuchten die Dienststuben in der unteren Etage.

Einige Zeit verging, in der die geladenen Gäste sich munter Wein trinkend in wilde Spekulationen über den Verbleib der Kette vertieften. Das Filzen der anwesenden Bediensteten hatte kein Schmuckstück zum Vorschein gebracht, sodass man sie wieder an die Arbeit geschickt hatte. Die Musiker hatten ihr Spiel hingegen nicht wieder aufgenommen und saßen ratlos auf ihren Schemeln um das Klavier, während der

Polizeichef mit strenger Miene die Rückkehr seiner Beamten erwartete.

Nach und nach trafen die Polizisten und ihre Begleiter hinter dem Flügel – und damit vor dem Polizeichef – ein. Dort erstatteten sie Meldung über die Ergebnisse ihrer Suche. Dies geschah allerdings auf Türkisch, sodass nur einige der anwesenden Gäste – vorwiegend die Abgesandten der Hohen Pforte – die Meldungen verfolgen konnten. Die Unkundigen bohrten daraufhin die Kundigen mit ihren Fragen. „Haben sie ihn geschnappt?" – „Hat man die Kette gefunden?" – „Nun sagen Sie schon! Lassen Sie sich doch nicht alles aus der Nase ziehen."

Wie zu erwarten hatte der Trupp, welcher das obere Stockwerk durchsucht hatte, den vermissten Diener nicht gefunden. Auch die kurz darauf eintreffende zweite Gruppe, sie hatte die Nordflanke des Parterres durchkämmt, kam mit leeren Händen. Als der dritte Suchtrupp aus dem Außenbereich kommend ebenfalls einen Misserfolg melden musste, hatten manche der Gäste die Hoffnung nach einer erfolgreichen Suche bereits aufgegeben.

Man fühlte sich wie in einem Theater. Das wohlhabende Publikum saß in seinen Logen, während auf der Bühne Schauspieler und Statisten die Jagd nach einem Dieb vollzogen. Manch einem mag bei dieser Erkenntnis die Überlegung durch den Kopf geschossen sein, dass das gesamte Schauspiel vom Botschafter Seiner Majestät des Kaisers von Österreich-Ungarn lediglich inszeniert worden war, die russische Gräfin also eingeweiht. Immerhin lag diese Theorie im Bereich des Möglichen. Zwar hatte in den letzten Minuten niemand einen Blick auf das Gesicht des russischen Botschafters geworfen, doch für einen Mann, dessen Gemahlin soeben bestohlen wurde – und dass direkt unter der eigenen Nase – machte er einen verdächtig gelassenen Eindruck. Ein Grund mehr, an eine neue Art der Unterhaltung zu solch einem, sonst recht langweiligen, gesellschaftlichen Anlass zu glauben. Das Gesicht des Russen war jedoch momentan nicht von Scheinwerferlicht beschienen und somit fernab des Zentrums der Handlung. Diese setzte sich mit dem Eintreffen des vierten Suchtrupps fort. Es kamen der vierte Polizist und der Beamte für Personalangelegenheiten. Auf die Übersetzung der türkischsprachigen Meldung des Polizisten musste nun niemand warten. Denn einerseits ergriff der Beamte das Wort auf Französisch und andererseits, sah das Publikum ohnehin das Ergebnis der Suche. Mit auf dem Rücken festgezurrten Händen begleitete der gesuchte Diener die beiden anderen.

„Habt ihr ihn schon durchsucht?", fragte der Polizeichef.

„Das haben wir", antwortete der Beamte auf Französisch, „doch die Kette fanden wir nicht bei ihm."

„Durchsucht ihn erneut. Gründlich!", wies der Direktor nun zwei andere Polizisten an.

„Darf ich erfahren, was hier gespielt wird?", protestierte der Diener namens Ahmet zum Erstaunen der Anwesenden auf Französisch.

„Das weißt du ganz genau", fuhr ihn der Polizeidirektor harsch an, „du hast die Halskette dieser Dame gestohlen." Dabei deutete er auf die Gräfin. „Leugne es nicht, Itin eflade[1]!"

„Gar nichts habe ich!", protestierte der Diener erneut. „Ich war doch damit beschäftigt, neuen Wein zu holen."

„Und dabei hast du dich verlaufen, sodass man dich suchen musste? Hast du dich nicht viel mehr vor deiner gerechten Strafe verstecken wollen, dreckiger Dieb? Los, gib uns die Kette und wir lassen noch einmal Gnade vor Recht walten!"

Doch der Diener machte keine Anstalten etwas Wertvolles aus seinen Taschen hervorzuholen. Unsanft und unter den Flüchen des Bedrängten drückten die beiden Polizisten diesen gegen den Flügel und filzten seine Taschen. Auch die weiten Hosen und das Innenfutter seiner goldbestickten Weste wurden durchsucht. Diesen Augenblick des Abwartens nutzte der Polizist, welcher den Verdächtigen gefasst hatte, um an die Seite seines Vorgesetzten zu treten. Er flüsterte ihm leise etwas ins Ohr.

„Hier ist nichts", meldeten die beiden Polizisten schließlich.

„Nun denn", hob der Polizeichef an, während sich ein tiefes Grübeln auf seine Stirn gelegt hatte, „sag, wo hat man dich aufgegriffen?"

„Unten."

„Geht das auch etwas genauer?"

„In einer der Dienststuben."

---

1   Osman. „Sohn eines Hundes"

„Ah, und dort wolltest du Wein finden, behauptest du. Ist das richtig?"

„Jawohl... Ich bin noch nicht so lange im Dienste der Botschaft. Ich muss mich wohl verlaufen haben."

An den Beamten gewandt fragte der Polizeichef weiter:

„Sagt, in welcher Dienststube genau habt ihr diesen Mann aufgegriffen?"

„Es war die Arbeitsstube Seiner Exzellenz, des Botschafters."

„Und was machte der Mann, den ihr Ahmet nennt, dort?"

„Er versteckte sich hinter dem Arbeitstisch."

Nun ergriff auch der österreichisch-ungarische Botschafter das Wort:

„Warum ist das von Belang, Herr Direktor? Wollt ihr etwa in meinen Schränken nachsehen, ob der Dieb die Kette dort versteckt hat?"

„Nein, Eure Exzellenz, ich glaube nicht, dass dieser Mann ein Dieb ist. Doch ein krimineller Hund ist er dennoch. Nur eben anders, als wir alle dachten."

Der Botschafter sah den Polizeichef ratlos an.

„Warten Sie einen Augenblick, vielleicht verstehen Sie es dann."

An den Diener gewandt fuhr er fort:

„Was sagtest du, als man dich hinter dem Tisch entdeckte? Wehe dir, du lügst jetzt, es würde dich deine Zunge kosten!"

Der Angesprochene sank etwas in sich zusammen und blickte suchend zwischen den Gesichtern im Konzertsaal umher. Wie gebannt hatten die Abgesandten dort das Gespräch auf der Bühne dieses Abends verfolgt. Jeder erwartete nun mit Spannung, die Worte des Dieners zu hören, welche dem Polizeichef bereits bekannt sein mussten.

„Ich sagte...", begann der Diener zögerlich, „ich sagte 'Mamma mia!'[1]"

Der Polizeichef lachte kurz und laut auf:

„Da sieh sich einer das an! Sag, hast du schon einmal einen Türken auf Italienisch fluchen hören?"

„Nein, das habe ich nicht."

„Ich auch nicht und daher glaube ich dir auch nicht, dass du Ahmet heißt."

Mit einem schnellen Handgriff hatte der Polizeichef den falschen Türken am Genick gepackt und zog ihn hinüber in die Ecke, aus welcher der italienische Botschafter früher am Abend seine Scherze gemacht hatte. Dort schleuderte er den Mann auf den Boden und fragte den Botschafter:

„Habt ihr diesen Mann schon einmal gesehen, Eure Exzellenz?" Dem Italiener hatte es sichtlich die Sprache verschlagen. Er gab kein Wort von sich.

„Sei's drum," fuhr der Polizeichef fort, „Spionage fällt nicht in meinen Aufgabenbereich."

Er machte auf dem Absatz kehrt und schritt zurück in die Raummitte. Hinter ihm ergriffen zwei der Diener den enttarnten Spion und führten ihn in einen Nebenraum ab.

„Nun, meine verehrten Herren Botschafter, gnädige Damen. Wir haben immer noch einen Dieb zu über- führen, doch langsam schwindet meine Geduld. Ich hatte mich heute Abend auf ein Klavierquartett gefreut, doch stattdessen wird mir in einem Fall von

---

1   Ital. „Ach du lieber Himmel!"

Diebstahl ein falscher Verdächtiger nach dem anderen geliefert."

Der Direktor schaute in die Runde. Ein kleines Funkeln hatte sich auf seine Pupillen gelegt und wetteiferte mit dem Glitzern des Kronleuchters über ihm.

„Also? Hat jemand unter den Anwesenden einen Vorschlag?"

Niemand sagte ein Wort.

„Vielleicht", meldete sich der deutsche Botschafter irgendwann zu Wort, „hat einer der Musiker die Kette in seinem Instrument versteckt.""Das hatte ich als Erstes überprüft", entgegnete der Polizeichef gelassen. „Weitere Vorschläge?"

Wieder dauerte es eine Weile, bis sich jemand zu Wort meldete. Es war die Gattin des britischen Botschafters:

„Wenn es keiner der Diener war und auch unter den Musikern der Dieb nicht zu finden ist, dann muss es doch jemand von uns gewesen sein."

„Gut kombiniert", lobte der Polizeichef, „und weiter?"

„Es muss jemand gewesen sein, der nah genug an der Gräfin saß, um schnell zuschlagen zu können."

„Ausgezeichnet! Doch das engt den Kreis der Verdächtigen nicht wirklich ein."

Das Theaterspiel von vorhin wandelte sich immer mehr zu einer Veranstaltung, bei der sich das einstige Publikum selbst beteiligen konnte. Sichtliche Freude stand vielen der Anwesenden ins Gesicht geschrieben. Einige tauschten ihre Vermutungen aus und spekulierten, wer als Täter infrage kommen könnte.

Nach einem kurzen Räuspern versuchte sich auch der gastgebende Botschafter im Ratespiel:

„Vielleicht war es Seine Exzellenz der Botschafter Italiens, der auf diesem Wege seinem Agenten – der im Übrigen dieses Palais heute nicht mehr verlassen wird – ein wenig Zeit verschaffen wollte."

„Ein netter Gedanke", gab der Polizeichef zu, „doch glaubt Ihr allen Ernstes, dass dieser Mann", er deutete auf den in seinen Lehnstuhl zurückgezogenen und schmollenden Diplomaten, „ernsthaft in der Lage sei, schnellen Schrittes von dort drüben nach hier vorn zu eilen und mit diesen Fingern ein zartes Schmuckstück zu entwenden? Meines Erachtens ist er für beides ein zu großer Liebhaber von Süßspeisen."

Mit diesem abfälligen Kommentar, den sich ein Beamter der Hohen Pforte inmitten von Diplomaten Europas unter anderen Umständen niemals erlaubt hätte, erreichte der Polizeichef wesentlich mehr Lacher, als der Gedemütigte zuvor mit seinen Scherzen.

„Gibt es einen weiteren Vorschlag, um wen es sich bei dem Dieb handeln könnte?"

Die Gattin des Botschafters aus Frankreich erhob sich und sagte:

„Es muss jemand gewesen sein, der die Kette kennt, denn in solch kurzer Zeit, und von der Trägerin unbemerkt, lässt sich der Verschluss eines Schmuckstücks nur öffnen, wenn man diesen Vorgang bereits einige Male durchgeführt hat."

„Das ist eine sehr gute Überlegung, Madame. Vielen Dank", lächelte der Polizeichef nun die einstige Verdächtige an.

„Nun", sprach er wieder in die Runde der Anwesenden, „fassen wir einmal zusammen: Der Täter muss im Augenblick des Windzugs nahe der Gräfin gewesen sein. Ob zufällig oder geplant spielt dabei keine Rolle. Weiterhin muss er die Halskette, genauer gesagt: deren Verschluss, bereits gekannt haben. Damit kommt eigentlich nur eine einzige Person infrage."

Ohne, dass der Polizeichef ein Kommando gab, richteten sich alle Blicke auf den russischen Botschafter. Dieser hatte sichtlich zu schwitzen begonnen und schaute nun nervös in die Gesichter der anderen Diplomaten.

„Das ist doch Unfug!", entfuhr es dem Russen fast panisch. „Wieso sollte ich meine eigene Gemahlin erst beschenken und dann bestehlen? Das ergibt doch überhaupt keinen Sinn!"

Der Direktor der Stambuler Polizei lächelte, als er einen Schritt auf den Botschafter zu machte. Im Saal war es da ganz still.

„Vielleicht", sagte er nun ganz leise und langsam, doch so, dass es jeder hören konnte, „weil sich die Haare Ihrer Frau Gemahlin gar nicht verändert haben. Vielleicht...", mit diesen Worten griff der Polizeichef dem Botschafter in die Rocktasche, „weil man ein wertvolles Schmuckstück auch ein zweites Mal an eine Frau verschenken kann. Zumindest...", er zog die goldbesetzte Perlenkette hervor, „wenn es sich dabei nicht um ein und dieselbe Frau handelt."

Der Polizeichef hatte seinen Satz noch nicht ganz beendet, da klatschte die rechte Hand der Gräfin auf die linke Wange des Botschafters.

MORD AN DER BRÜCKE

Ibrahim stand auf dem unteren der drei Balkone des nördlichen Minaretts der Jeni Dschami Moschee in Stambul. Vom Imam der Moschee hatte er die Erlaubnis erhalten, ein paar Fotografien anzufertigen.

Die Bauart des Balkons, auf dem er nun seine Kamera aufbaute, eignete sich besonders gut dazu. Die osmanische Konstruktion eines Minaretts mit Balkonage war schlank und rund, sodass Ibrahim in alle Himmelsrichtungen fotografieren konnte.

Die erste Aufnahme sollte gen Norden gehen und die Galatabrücke über das Goldene Horn ablichten. Im Hintergrund der stolze Galataturm, mitten auf der Hügelkuppe, umringt von Straßen und Häusern des europäischen Peras.

Nachdem Ibrahim seine Suter Faltkamera, ein prachtvolles Stück schweizerischer Handwerkskunst, positioniert hatte, trat er an die Brüstung und beobachtete das Treiben unter sich.

Da waren die zahlreichen Menschen, die geschäftig über Platz und Brücke wuselten. Lastenträger, Kaufleute und Soldaten konnte Ibrahim von seiner erhöhten Position aus gut betrachten. Der rote Fes aus Filz zierte die Köpfe der Männer. Während einige Frauen komplett verhüllt waren, trugen andere weiße oder farbige Kopftücher. Hier und da fand sich der Turban eines Geistlichen oder die Fellmütze eines osmanischen Offiziers.

Eine Kutsche verschwand gerade aus dem Blickfeld Ibrahims, als dieser kurz zusammenzuckte. Einer der zahlreichen Dampfer, die an der Mündung zum Bosporus vor Anker lagen, hatte laut Signal gegeben. Für einen kurzen Moment wurden alle Geräusche Stambuls übertönt. Das Gekreisch der Möwen, das Rattern der Tram und die Rufe der Händler. Allesamt ausgeblendet vom dröhnenden Horn eines einzelnen Schiffs.

Das bunte Treiben unten auf dem Platz vor der Moschee schien dies nicht zu stören. Der Verkehr der Fußgänger floss weiter durcheinander und verdichtete sich auf der Brücke. Ibrahim prüfte seinen Foto-apparat und löste aus. Da donnerte das Krachen eines Schusses von unten bis an Ibrahims Ohr hinauf. Verwirrt blickte er auf und konnte gerade noch den Radfahrer erblicken, der um einen kleinen Kiosk bog, ins Schlingern geriet und schließlich auf den Gehweg stürzte.

*

Doch es war nicht der Radfahrer, dem der Schuss gegolten hatte. Keine acht Schritt neben dem Gestürzten lag ein zweiter Mann mitten auf der Fahrbahn. Blut sickerte aus seiner Brust in die Rinne der Tramschienen.

Der Vorgang sorgte für Entsetzen und Panik bei den anderen Passanten. In Windeseile leerte sich der Platz vor der Galatabrücke. Wer konnte, suchte Deckung oder verschwand gleich ganz aus dem möglichen Schussfeld des Schützen.

Zwei vom lauten Knall des Schusses alarmierte Polizisten eilten herbei und nahmen den Mann am Boden in Augenschein. Dieser regte sich nicht mehr. Unvermindert quoll der Lebenssaft des Unglückseligen auf die Schienen und erreichte bald eine Länge von zwei Pferden. Die beiden Uniformierten blickten sich um, ohne jedoch eine Spur des Täters ausmachen zu können. Der Radfahrer war mittlerweile wieder aufgestanden und trat heftig in die Pedale, um sich, wie alle anderen, aus dem Staub zu machen.

*

Vom Balkon aus konnte Ibrahim den Vorgang genau beobachten. Er umkreiste das Minarett und blickte hinunter in den Vorhof der Moschee. Einige Gläubige wuschen sich gerade Hände, Gesicht und Füße.

„Brüder, ist unter euch ein Arzt? Draußen auf der Straße gibt es einen Verletzten. So eilt ihm doch zur Hilfe!"

An dem Brunnen schien man vom rufenden Fotografen jedoch keinerlei Notiz zu nehmen. Verzweifelt wedelte Ibrahim mit den Armen und rief abermals. Es hatte keinen Zweck.

*

Draußen, vor der Moschee, hatten die beiden Beamten inzwischen Verstärkung erhalten und die Straße gesperrt. Auch ein hinzugerufener Mediziner traf gerade ein. Doch konnte der Arzt, der vom rasanten Lauf über die Brücke noch ganz außer Atem war, lediglich den Tod des Mannes feststellen.

Die Polizisten teilten sich auf. Einige versuchten Zeugen des Vorfalls ausfindig zu machen und diese zu den Geschehnissen zu befragen, andere untersuchten die nähere Umgebung nach einer Patronenhülse oder anderen Hinweisen auf den Täter.

Ein Polizist mit goldenen Epauletten und zwei Reihen nicht minder goldglänzenden Knöpfen vor der straffen Brust inspizierte die Leiche nun gründlicher.

Schwarze nach hinten gekämmte Haare und ein fein säuberlich zu den Seiten gezogener Schnurrbart zierten das Gesicht des Toten. Schätzungsweise Mitte dreißig. Vielleicht auch etwas jünger. Seine Kleidung bestand aus einem schwarzen Anzug nach europäischem Vorbild. Der rote Fes lag zwei Meter neben dem Kopf. Es schien, die Schusswunde auf Herzhöhe war die einzige Verletzung des Mannes.

Der Strom aus Blut hatte abgenommen, sodass der Polizist die Taschen an Hose und Jackett durchsuchen konnte. Eine Tabakdose fand sich darin, genauso wie eine silberne Taschenuhr vom Uhrmacher Meyer, oben in Pera. Der Polizist kramte weiter in den Taschen und brachte noch Stift und Papier sowie die Geldbörse des Opfers zum Vorschein. Nachdem alle Taschen gründlich durchsucht waren, richtete sich der Beamte auf und entfaltete den Ausweis des Toten.

Hasan Fehmi, stand dort geschrieben. Das Foto passte. Nachdenklich hob der Polizist seinen Fes und kratze sich am Kopf. Irgendwo hatte er diesen Namen schon einmal gehört oder gelesen.

Oben auf dem Minarett hatte sich Ibrahim inzwischen etwas beruhigt. Dass der Mann unten auf den Schienen sein Leben auf eine äußerst unfreiwillige Art und Weise verloren hatte, war für ihn offensichtlich. Doch eine akute Gefahr schien nicht mehr zu bestehen.

Aufgrund dessen, dass sowohl der Auslöser seiner Kamera als auch der Abzug der Waffe im selben Moment betätigt wurden, ging dem Fotografen ein Gedanke nicht mehr aus dem Kopf. Sollte etwa auf seinem Foto ein Mord abgelichtet sein?

Ibrahim konnte sich nicht mehr richtig auf die anderen Aufnahmen konzentrieren. Einige Male verschob er seine Faltkamera noch um das Minarett und löste den Vorgang der Lichtmalerei aus. Doch gedanklich war er bereits in seinem kleinen Fotolabor, um die Aufnahmen zu entwickeln.

*

Einer der Polizisten unten an der Brücke wurde fündig. Zwischen zwei Holzkisten im Schatten des Kiosks hatte er einen Revolver entdeckt, in dessen Trommel eine Patrone fehlte. Überzeugt, die Tatwaffe in Händen zu halten, lief er zu seinem Vorgesetzten, der noch immer neben der Leiche stand. Er übergab das Schießeisen und warf dabei erstmals einen Blick auf das Gesicht des Toten.

"Ya Rabbi![1] Das ist doch Hasan Fehmi Bey!"
"Ihr kennt den Toten?", fragte der überraschte Vorgesetzte.

---

[1] Türk. "Mein Gott!"

"Nicht persönlich," antworte der Gefragte, "Hasan Fehmi Bey schreibt für die Serbesti, die Zeitung der Freiheit."

*

Mit dieser Information schien für die Polizisten der Fall fast aufgeklärt. Es konnte nur Mord sein, denn der tote Journalist war nicht das erste Opfer des Machtkampfes um die osmanische Hauptstadt.

Seine Zeitung opponierte gegen die neue jung-türkische Regierung. In einem Krieg, der mit Federn und Schwertern gefochten wurde. Blut floss an jenem Tag und an jenem Ort nicht zum ersten Mal, doch der Attentäter blieb unaufgespürt.

Trotz Ibrahims Foto, welches immerhin den Rad-fahrer zeigte, der durch den Rückstoß seiner Waffe aus dem Sattel geschleudert wurde.

ZWEIEINHALB LEERE WEINFLASCHEN

„Sieh, dort ist der Bosporus", rief Bektasch seinem Bruder zu. Die beiden waren gerade aus einem Waldstück nahe des kleinen Örtchens Üsküdar gekommen und hatten nach tagelanger Reise endlich ihr Ziel vor Augen.

„Ob wir heute noch übersetzen können?", fragte Ismail.

„Inschallah[1]", lautete die Antwort seines Bruders. Die beiden drückten sacht die Fersen in die Hüften ihrer Esel.

Gemächlich ging es nun den Hügel hinunter, geradezu auf das Wasser zwischen Asien und Europa. Die ersten Häuser tauchten links und rechts der Straße auf. Ein paar kleine Höfe, die sich mit Gärten und kleinen Feldern umgaben. Einige Zeit später folgten die ersten Wohnhäuser. Zumeist Lehmhütten, die nicht selten ein hölzernes Obergeschoss trugen. Die roten Dachziegel waren bereits aus der Ferne sichtbar gewesen.

Immer geradeaus bis ans Wasser führte der Weg der beiden Brüder. Aufmerksam beobachteten sie den Wandel des dörflichen Straßenrandes zu einer kleinen Stadt. Nach einer Weile bekamen die zweistöckigen Wohnhäuser ein steinernes Fundament.

---

1 Arab. „So Gott will"

Hier und da war auch ein weiteres Geschoss aufgepflanzt. Sie drängten sich nun dicht an dicht und versuchten mit Erkern möglichst weit auf die Straße zu gelangen. Schwere Holzbalken, die bogenförmig das jeweils obere Stockwerk trugen, ragten bis zu einem Meter hervor. Wie eine Treppe von beiden Seiten würden sich die Häuser berühren, setzte man noch ein oder zwei weitere Stockwerke dieser Art darüber. Die Straße selbst bestand aus groben Pflastern, die in ihrer Mitte eine Senke für allerlei Kot und Unrat bildete. Ein Problem war das nicht, denn zwischen Marmara Meer und Schwarzem Meer blieb der Regen zumindest nicht so häufig aus, wie in der Heimat der beiden Reisenden. So setzte auch jetzt ein leichter Schauer ein, der die Straßen reinigte und Bektasch ein kleines Lied anstimmen ließ.

„Üsküdara gideriken aldi da bir yahmur.[1]"

Als sie den zentralen Marktplatz des Ortes erreicht hatten, war es bereits dunkel und der Regen hatte zugenommen.

„Wir sollten uns eine Unterkunft suchen, Abi[2]", empfahl Ismail. Bektasch stimmte zu. Am Straßenrand hockte ein in weite Gewänder gehüllter Mann. Eine Tasse Kaffee stand geleert vor ihm und seine Augen waren geschlossen. Bektasch weckte den Mann, der nur zögernd seine müden Augen öffnete.

„Katip uykudan uyanmisch gösleri mahmur[3]", ergänzte Ismail das Lied seines Bruders leise als Bektasch zum Erwachenden sprach:

---

1 Volkslied, Türk. „Auf dem Weg nach Üsküdar fing es an zu regnen."
2 Türk. „großer Bruder"
3 Türk. „Der Schreiber ist aus dem Schlaf erwacht, die Augen schauen schläfrig."

„Salam aaleikum, Amdscha.[1]“

„Aaleikum a'salam“, erwiderte der Alte.

„Sprich, gibt es hier eine Unterkunft für zwei Reisende aus dem Osten?“

„Die Pensionen sind alle voll mein Sohn. Das Fest des Fastenbrechens steht kurz bevor. Doch wenn ihr dort die Straße hinaufgeht, so kommt ihr an das Haus von Peleus. Dieser Giaur[2] vermietet ein Fremdenzimmer.“

Bektasch hob die Augenbrauen und zögerte einen Moment, bevor er dem Alten antwortete.

„Was gibt dir das Recht jenen Mann einen Ungläubigen zu nennen? Bist du Gott und kannst etwa in das Herz des Mannes hineinsehen?“

Ehe der Alte etwas erwidern konnte, zog Ismail seinen Bruder zur gezeigten Straße. Als Fremde war es sicherlich sinnvoller, einem Streit aus dem Weg zu gehen.

---

1   Arab. „Friede sei mit euch“, türk. Anrede für ältere Männer „Onkel“
2   Türk. „Ungläubiger“

Nach wenigen Metern erreichten sie das Mäuerchen eines weiten Grundstücks. Ein Schild bedeutete ihnen, am Ziel zu sein. Mitten auf dem Grundstück stand ein stattliches Holzhaus, dessen Fassade weiß gestrichen war. Im Unterschied zu den Häusern, welche die Brüder auf dem Weg hierher gesehen hatten, war diese Villa nicht nur um einiges größer, sondern besaß auch eine Veranda auf ihrer gesamten Vorderseite.

Neben dem überdachten Eingang saß oder hockte – so genau war das auf die Entfernung nicht zu entscheiden – ein dicker Mann, der gedankenverloren die Regen-tropfen beobachtete.

„Salam aaleikum!", begrüßte Bektasch auch diesen Mann. „Seid ihr Peleus Effendi[1]?"

„Nein, Effendim[2]", gab der Dicke zurück, „ich bin nur der Staub unter den Schuhen meines Herrn."

„So melde uns deinem Herrn, wir wollen sein freies Zimmer mieten."

Kaum hatte Bektasch die Worte ausgesprochen, war der dickliche Diener mit unvermutetem Geschick aufgesprungen und ins Haus gewatschelt. Die Brüder stiegen derweil von ihren Reittieren ab und führten sie durch das Tor. Schon nach wenigen Wimpernschlägen erschien ein zweiter Mann auf der Veranda. „Seid mir willkommen Fremde."

Man merkte dem Mann die Freude an, mit der er seine Gäste begrüßte. Er trug ein lockeres weißes Hemd mit einer engen schwarzen Weste darüber. Um den Kopf war ein langes schwarzes Stoffband

---

1   Nachgestellt als Titel oder höfliche Anrede. Vergleichbar mit „Herr"
2   Türk. „mein Herr"

geschwungen, welches an einen Turban erinnerte, jedoch mit einem Ende an der linken Seite des Kopfes ein gutes Stück herunterhing. Die Brüder erwiderten den Gruß und fragten nach einer Möglichkeit, ihre Esel unterzubringen. Peleus versicherte den beiden, dass sich sein Diener um die Tiere kümmern würde, und bat sie ins Haus hinein.

Sie legten ihre nassen Mäntel im Eingangsbereich ab und folgten dem Herrn des Hauses zunächst in das obere Stockwerk. Dort begutachteten die Brüder das Zimmer und zeigten sich einverstanden.

Dann ging es die Treppe wieder hinab und in den rechten Flügel der Villa. Hier war der Salon gelegen. Ein Kaminfeuer brannte im rückwärtigen Teil des Raums, dessen Boden mit zahlreichen Teppichen ausgelegt war. Ein zentraler Kronleuchter diente normalerweise als Hauptlichtquelle. An den Wänden hingen einige Gemälde und weitere kleinere Kerzenleuchter. Von ihnen strahlte ein sanfter Schein bis fast in die Mitte des Salons. Die Fenster der Außenwand waren hoch und mit feinen Spitzen behangen. Goldene Zierleisten und Gardinenstangen funkelten im Schein der Kerzen. Unter den Fenstern reichte eine Reihe aus Sitzkissen über die gesamte Länge der Wand von vielleicht zehn Schritt. Auf der gegenüberliegenden Seite befanden sich schwere Bücherregale, deren Buchrücken von Ismail im Vorbeigehen betrachtet wurden. Lesen konnte er, doch die Sprache auf den Büchern war ihm fremd.

Vor dem Kamin angekommen lud Peleus seine Gäste ein, auf dem breiten Diwan Platz zu nehmen. Er selbst setzte sich auf einen Schemel daneben. Ein kniehoher Tisch, mit einem Tschibuk[1] darauf, vervoll-ständigte das Inventar.

„Ihr seid erschöpft. Mein Diener wird euch Kaffee und Tabak bringen", sprach der Hausherr und klatschte in die Hände.

Doch nichts regte sich. Auch nach einem weiteren Händeklatschen zeigte sich keine Regung des Dieners. Erst beim dritten Mal hörten sie ein leises Schlurfen hinter der Türe, die nun langsam aufgeschoben wurde. Dahinter kam der dicke Diener zum Vorschein, der durch den Schein der Kerzen nun etwas Gespenstiges an sich hatte. Fett glänzte auf seiner Haut, als er stöhnte:

„Was gibt es denn nun schon wieder?"

Bektasch und Ismail stutzten. Nicht im Traum hätten sie eine derartige Respektlosigkeit von einem Unter-gebenen erwartet. Doch Peleus schien das Verhalten seines Dieners nicht zu irritieren.

„Bring Kaffee und Tabak."

„Für Euch allein?"

„Für alle."

„Viele Bohnen?"

„Schleich' dich!", brach es nun doch kurz aus ihm hervor. Der Diener verschwand, nicht ohne ein paar gut hörbare Flüche durch den Raum klingen zu lassen.

„Verzeiht die Frage, Effendi, aber was hat es mit diesem Diener auf sich?", erkundigte sich Bektasch vorsichtig.

---

1   Alte türkische Pfeife

„Ach", setzte Peleus zögernd an, „er ist etwas eigensinnig doch eine treue Seele. Seit Jahrzehnten schon ist er in meinen Diensten. Als Koch und Knecht."

„Als Koch auch?"

„Das meiste schlingt er selbst hinunter, was für mich übrig bleibt, schmeckt vorzüglich. Doch genug von ihm, erzählt von euch! Wer seid ihr und woher kommt ihr?"

Als der ältere der beiden Brüder übernahm Bektasch auch weiterhin das Reden und nannte ihre Namen.

„Wir kommen aus dem kleinen Ort Turhal bei Tokat und sind auf dem Weg nach Stambul. Für heute lohnte sich die Überfahrt nicht mehr, sodass wir eine Nacht in Üsküdar verweilen wollen."

„So seid ihr also Aleviten", erriet Peleus.

Die beiden nickten.

„Auf meiner Flucht aus Trapezunt bin ich vor drei Jahren auch durch Tokat gekommen."

„Auf Eurer Flucht, Effendi?"

„Ja, wir Griechen sind in unserer alten Heimat keine willkommenen Gäste mehr."

Ein Schweigen legte sich über den Platz am Kamin, welches erst durch den hereinkommenden Diener unterbrochen wurde.

„Es ist bereitet", lächelte er süffisant.

Auf einem Silbertablett brachte er drei kleine Tässchen Kaffee und ein Schälchen mit einem kümmerlichen Rest Tabak. Gerade genug, um nur eine Pfeife zu stopfen.

Die Brüder griffen zu den Tässchen, die ihnen der Diener reichte. Ein Abstellen derselben wäre aufgrund der Masse seines Körpers schlicht unmöglich gewesen. Peleus war es, der von seinem Tässchen als Erster trank.

„Ist es genehm?", fragte der dicke Diener mit einem schmierigen Lächeln auf den wulstigen Lippen.

„Das ist es", antwortete sein Herr.

Nun nahmen auch Bektasch und Ismail einen kleinen Schluck. Augenblicklich verzogen beide das Gesicht.

„Ist es genehm?", fragte der Dicke mit einem noch breiteren Grinsen.

„Probier es selbst", würgte Bektasch hervor.

„Oh, nein nein nein! So etwas trinke ich nicht", gluckste der Dicke und verschwand watschelnd durch die Tür.

In der Hoffnung, wenigstens beim Tabak seine Gäste zufriedenstellen zu können, wollte der Grieche ihnen eine Pfeife stopfen. Rechtzeitig bemerkte er jedoch, dass noch verbrannte Asche im Kopf enthalten war. Er klopfte schnell die Reste des letzten Genusses heraus und war sich im selben Moment sicher, dass es der Diener gewesen war, der heimlich geraucht hatte.

Als die frisch gestopfte Pfeife wenig später brannte, reichte er sie an Bektasch, der zu paffen begann.

Da mit dem Kaffee seiner Gäste offenkundig etwas nicht stimmte, klatschte Peleus erneut in die Hände. Der Dicke kam zurück.

„Was belieben, mein Herr?", fragte er.

„Komm her und nimm den Kellerschlüssel. Gehe hinunter und bringe uns eine Flasche vom Wein."

„Wahyat Allah![1] Das geht nicht!"

„So?, fragte Peleus ungläubig, „wenn mich nicht alles täuscht, sind im Keller noch drei Flaschen tadellosen Weins gelagert."

„Effendim! Ich bin in ein gläubiger Mann und wenn Ihr und diese Herren es auch seid, dann verzichtet Ihr auf den Wein. Seht, Ihr berauscht Euch schon mit Kaffee und Tabak. Das will ich Euch nachsehen. Doch vor dem Wein, o Herr, da muss ich Euch beschützen. So wahr ich ein anständiger Muslim bin!"

„Nun rede doch keinen Unsinn alter Junge. Du musst den Wein ja nicht trinken. Du sollst ihn uns nur herbeischaffen."

Widerwillig nahm der Dicke den Schlüssel an sich und verließ den Salon. Bis er mit Wein und Gläsern zurückkam, vertieften sich die beiden Aleviten und der Grieche wieder in ein Gespräch.

Ismail gingen die Bücher, die er zuvor betrachtet hatte, nicht aus dem Kopf und daher fragte er bei Peleus nach. Dieser erklärte ihm:

„Es sind vorrangig deutsche Bücher. Bevor ich dieses Haus erwarb, gehörte es einem Deutschen, der beim Bau der Bahnstrecke nach Konya Lohn und Brot fand. Doch er verstarb ohne Erben, sodass ich sein ganzes Hab und Gut übernahm. Ich selbst spreche nur wenig Deutsch. Die meisten Bücher dort in den Regalen interessieren mich auch nicht, doch es gibt ein paar Bücher, die thematisch in Anatolien angesiedelt sind. Das Buch 'Wer baut die Bahn?' von

---

1   Arab. „Bei Gott"

Rudolph Stratz oder die Berichte des preußischen Generalfeldmarschalls von Moltke lesen sich ganz gut. Besonders inspiriert hat mich jedoch 'Von Bagdad nach Stambul' des Autors Karl May. Dieser Mann hat erstaunlich detaillierte Berichte über unser Land geschrieben, ohne jemals hier gewesen zu sein."

Der literarisch interessierte Ismail wollte gerade eine weitere Frage stellen, als der Diener mit drei Weinflaschen in den Armen zurückkam. An den Schauplatz vor dem Kamin herangetreten, fuhr Peleus plötzlich auf.

„Was bringst du mir denn da, du unnützer Hund? Die Flaschen sind ja leer!"

„Nur diese beiden", erwiderte der Dicke unschuldig. „Diese hier ist es nicht, mein Herr. Darin steht der Wein noch bis zur Hälfte."

„Wer soll das denn trinken? Das reicht doch kaum für zwei Gläser."

„Wo ein Wille, da ein Weg, Effendim."

„Werd' nicht unverschämt! Was hast du angerichtet? Hast du auf dem Weg vom Keller hier her zweieinhalb Flaschen Wein geleert?"

„Ich? Ihr beleidigt mich Herr! Wie könnte ich so viel Wein auf einmal trinken und noch gerade vor Euch stehen?"

„Dann sprich, wie ist es sonst geschehen?"
Der Diener setzte sich zu Bektasch und Ismail auf den Diwan und stellte die beiden leeren Flaschen vor deren Füße. Dann nahm er die halb geleerte Flasche in die Hand und betrachtete sie sehnsüchtig.

„Gestern trank ich ein Gläschen. Vorgestern ebenfalls. Und auch am Tag davor bekam mir nach getaner Arbeit ein kleines Gläschen sehr gut."

„Wie ist das möglich? Der Keller ist stets versperrt und du erhieltest den Schlüssel nur, wenn mir nach einem Gläschen Wein war."

„Nun, mein Herr, der Keller stand mir immer offen. Ich nahm stets Euren Schlüssel mit, wenn ich hinabstieg, doch hielt ich es weder für nötig, den Keller ab noch aufzuschließen. Wie hätte ich sonst des Abends an den Wein gekonnt?"

DER SCHÜCHTERNE VALENTINO

Das war nicht unbedingt die hohe Kunst der Fliesenmalerei, die Valentino erwartet hatte.

Als er bei einem Händler damals in Rom eine Isnikfliese in den Händen hielt, war diese mit einem symmetrischen Muster aus Ranken und Blumen verziert gewesen. Auf weißem Hintergrund leuchtete besonders das großzügig genutzte Blau, welches von einem blassen Violett und Salbeigrün lediglich zur Erkennbarmachung der Muster unterbrochen war. Er war kein Experte anatolischer Töpferkunst und konnte nicht beurteilen, ob es sich bei der Fliese um ein echtes Stück osmanischer Handwerkskunst handelte oder doch nur um eine venezianische Kopie. Der Händler versicherte ihm jedoch, dass in der Türkei derartige Fliesen, zu einem sich wiederholenden Gemälde aneinandergereiht, ganze Moscheen und Paläste zierten. Der Schönheit dieser Kunst auf den Grund zu gehen, war zwar nicht der Anlass seines Aufenthalts in Stambul, jedoch hatte Valentino sich zumindest erhofft, auf einige weitere Werke zu stoßen.

Erst einen Tag zuvor war er mit dem Orientexpress angekommen und hatte nun einige Tage des Verweilens in der Stadt, bevor ihn ein Schiff zu seinem eigentlichen Ziel tragen würde.

Doch die beiden gleichgroßen Gemälde, aus zusammengesetzten Kacheln, die er an der gegenüberliegenden Wand betrachtete, schienen so gar nicht mit seiner Vorstellung des Orients verwandt zu sein. Nicht nur, dass sie mit *Le Printemps* und *L'Automne*[1] beschriftet waren, auch ihr Stil war durch und durch europäisch. Zwar waren Rankenmuster vorhanden, jedoch bildeten sie lediglich die Umrandung der eigentlichen Bilder. Diese zeigten je eine Frau vor einem Baum. In voller Blüte, mit welken Blättern.

Diese realistische Darstellung war so europäisch wie alles andere in der *Grande rue de Péra*. Der Name der Straße, das Café in dem Valentino sich soeben niedergelassen hatte, um die Fliesenmalerei zu betrachten, und erst recht die Kleidung der anderen Gäste, welche um ihn herum saßen und aus feinen Porzellantassen Kaffee schlürften.

Auch Valentino bestellte sich ein Tässchen Kaffee und schlug die mitgebrachte italienische Zeitung auf. Ein Korrespondent berichtete hier aus jener Stadt, in der er nun selbst zugegen war.

*

„Wer die hiesigen Verhältnisse seit dem Ausbruch des europäischen Krieges beobachten konnte, wußte, daß auch die Türkei früher oder später in den Krieg eintreten werde. Eine ungewöhnliche Stimmung beherrschte sofort die Bevölkerung; man spürte einen tiefen religiösen Zug, eine ernste gehobene Gesinnung, wie sie nur aus den Tagen nach der Erkämpfung der Konstitution vor sechs Jahren bekannt ist. Sie äußerte sich am stärksten bei den

---

1 Franz. „Frühling und Herbst"

Offizieren, aber auch bei den Ulemas, den geistigen Führern des Volkes. Auch das Volk erschien jetzt anders als gewöhnlich. "

*

Der Kaffee wurde serviert. Valentino schaute kurz auf und erstaunte. Er blickte in das Gesicht einer jungen Frau. Hatte man ihm nicht erzählt, dass im Reiche des Sultans die Frauen strikt von den Männern getrennt seien? Wie war es möglich, dass er seine Tasse Kaffee nun von einer Frau serviert bekam, wo doch die zahlreichen anderen Kellner des Cafés, ja sogar alle Bediensteten seines Hotels und auch des Restaurants, in dem er gestern zu Abend speiste, männlichen Geschlechts waren? Leicht verwirrt bedankte er sich auf Italienisch.

Die Kellnerin hatte sich da längst von seinem Tisch entfernt und ging unbekümmert ihrer Arbeit hinter der Theke nach. Valentino legte die Zeitung, ausgebreitet wie sie war, auf seinen Schoß. Er nahm einen kleinen Schluck der heißen Brühe und blickte sich im kleinen Café mit den europäischen Fliesenmalereien um. Niemand sonst schien sich an der Frau zu stören.

Seine Augen suchten wieder die Kellnerin, die nun damit beschäftigt war, einige schokoladenüberzogene Köstlichkeiten auf kleinen Porzellantellerchen zu drapieren. Nun, da sich seine anfängliche Verwunderung gelegt hatte, betrachtete er sie etwas genauer.
Sie war nicht besonders groß. Ihre Kopfbedeckung konnte sich nicht entscheiden, ob sie Hut oder Schleier sein wollte. Der moosgrüne Stoff schien in

der Mitte fest und erinnerte an einen Filzhut, dessen Krempe in fließende Seide überzugehen vermochte, welche sich bis an die Ohren schmiegte. Pechschwarze Haare suchten sich vereinzelt einen Weg ans Tageslicht. An ihrer rechten Wange stahl sich eine besonders kämpferische Locke so weit hervor, dass sie mit der Spitze den zierlichen kleinen Mund berührte. Immer dann, wenn sich für den Bruchteil einer Sekunde ein Lächeln auf das Gesicht der jungen Frau legte. Die kleine Stupsnase erinnerte Valentino an zwei Französinnen, die er einst auf einer Reise getroffen hatte. Doch die Augen der Kellnerin... Solche Augen hatte er weiß Gott noch nie gesehen. Größer und strahlender als alle Augäpfel, die er je zuvor erblickte. Leuchtende Pupillen, nicht minder schwarz als die Haare des Kopfes, in dem die beiden Augen ruhig und freudestrahlend ihren Dienst verrichteten.

Valentino ertappte sich dabei, wie er jede Kontur der Kellnerin eingehend studierte. Von sich selbst erschrocken griff er wieder zur Zeitung.

*

„Kurdenstämme, mit deren Militärdienstpflicht die Regierung noch bis in die letzten Jahre es nicht sehr streng nahm, sind jetzt ohne jedes Bedenken dem Rufe gefolgt. In Aleppo sagte mir in den ersten Augusttagen ein guter Kenner dieser Gegend, daß Dörfer, in die früher eine Abteilung von 10 bis 20 Soldaten kommen mußte, wenn ein Mann gestellt werden sollte, jetzt viele Dutzende von Rekruten

schicken, wenn ihnen durch einen Soldaten der Mobilisierungsbefehl zugestellt wird. Diese günstige Stimmung kennzeichnete allerdings nur die muselmanische Bevölkerung. Die Christen und Juden werden zwar seit der Erneuerung der Konstitution zum Militärdienst herangezogen, doch nicht in gleichem Maße wie die Mohammedaner. Sie können einen Betrag von rund 1000 Italienische Lire erlegen und damit sich von der Einrückungspflicht loskaufen. Wenn man bedenkt, daß die Kraft des türkischen Heeres in seiner religiösen Einheitlichkeit liegt, daß andererseits die Nichtmohammedaner dem Militärdienst in der Türkei Jahrhunderte hindurch fernblieben und jetzt nicht mit einem Mal eine Vorliebe für ihn in sich entdecken können, wird man in dieser Einrichtung eine den Interessen beider Seiten entsprechende Korrektur der leblosen Gesetzesbuchstaben finden."

*

Valentino legte die Zeitung wieder zurück, um einen erneuten Schluck Kaffee zu trinken.

Die Beteiligung des Osmanischen Reiches am Krieg in Europa machte ihm zu schaffen. Sie erschwerte nicht nur seinen geplanten Aufenthalt in Jerusalem, von dem man wusste, die Engländer hatten ein Auge darauf geworfen, sondern sie konnte bei etwaigen Kämpfen um die Heilige Stadt auch sehr gefährlich für ihn werden. Nun, da der Sultan erklärtermaßen ein Feind des Empires war, gäbe die alte Stadt eine hübsche Kriegsbeute ab. Es konnte dem reisenden

Italiener daher nur von Nutzen sein, sich stets über die Lage in der Welt auf dem neuesten Stand zu halten.

Die junge Kellnerin kam an Valentinos Tisch vorbei, sodass es ihm möglich wurde, sie aus kürzester Entfernung zu betrachten.

Welch jugendlich glatte Haut sie doch hatte. Wie alt mochte sie sein. Vielleicht achtzehn oder neunzehn Jahre. Ohne eine bewusste Absicht begann der Italiener erneut, sie mit starren Blicken zu bedecken. Sie war so hübsch und rein. Wie ein Gemälde dachte Valentino. Die beiden leicht bekleideten Damen auf den Fliesenmalereien erschienen wie zwei florentinische Kaufmannstöchter in Gegenwart der jungen Kellnerin.

Ob sie wohl eine Griechin war, rätselte Valentino. Armenischer Herkunft wäre in Stambul natürlich ebenso denkbar, wie die, aus einem der zahlreichen anderen Völker, welche allesamt die Sultansstadt am Bosporus ihre Heimat nannten. Für eine Türkin hielt er sie jedoch nicht. Mohammedaner, so hatte Valentino gelernt, lassen ihre Frauen nicht nur zu Hause in der Stube, sondern bedecken auch das Gesicht ihrer Weiber, sollten diese doch einmal vor die Türe treten.

Die Kellnerin faszinierte ihn. Etwas an ihr ließ ihn nicht mehr los. Es war wie eine Aura die seine sonst stets klaren Gedankengänge stocken ließ. Er versuchte, sich zwanghaft abzulenken, und führte erneut die kleine Porzellantasse an den Mund. Dabei die Augen immer auf die schöne Kellnerin gerichtet. Als das Porzellan seine geöffneten Lippen berührte, kippte er es, um vom kräftigen Kaffee zu trinken. Doch die

Tasse war leer. Er setzte sie wieder ab und schaffte es nun endlich seinen Kopf zur Seite zu zwingen.

Bei einem vorbeieilenden Kellner bestellte er eine zweite Tasse Kaffee. Nicht in der Lage, die hübsche Frau danach zu fragen, so sehr eine innere Stimme ihn auch dazu drängte.

Als er sich umdrehte, um seine ganze Aufmerksameit wieder auf die malerische Schönheit der jungen Frau zu lenken, streifte sein Blick für einen kurzen Moment die Fensterfront. Auf der anderen Straßenseite stand eine schwarze Gestalt, bei deren Anblick ein Schauder über Valentinos Rücken lief. Er konnte auf die Entfernung nicht viel erkennen. Die Kleidung des Mannes – er trug einen dichten Schnauzbart von der Größe einer länglichen Kartoffel – bestand aus einem schwarzen Umhang, dessen Kapuze tief ins Gesicht fiel. Es gruselte Valentino, als er zur Augenpartie des Mannes blickte. Sie war viel heller als der Rest der Gesichtshaut. Ein Kontrast, der durch den Schnauzer und die dicke Kapuze nur verstärkt wurde.

Der Mann verhielt sich sonderbar. Er bewegte sich keinen Zentimeter und starrte stumpf hinüber in das Café. Sollte er etwa Valentinos Blick erwidern? Der Italiener grübelte. Hatte er diesen Schnauzer schon einmal gesehen? Vielleicht im Speisewagen des Orientexpresses? Verfolgte man ihn?

Eine frische Tasse Kaffee wurde vor ihn auf den Tisch gestellt.

„Pardon. Kachwenisi buirun, Effendim.[1]" Die Kellnerin war nun ganz dicht an ihn herangetreten.

---

1   Türk. "Pardon. Ihr Kaffee, mein Herr"

Valentino hatte zwar kein Wort verstanden, aber irgendwie schaffte er es noch ihr freundlich zuzunicken, bevor er verlegen wieder zur Zeitung griff.

*

„Die Mohammedaner sind und waren vom ersten Augenblick an entschiedenste Freunde Deutschlands. Jede Siegesnachricht der Deutschen erfüllt sie mit größter Freude. Die deutschen und österreichisch-ungarischen Wehrpflichtigen, die den langen Landweg über Kleinasien nach Konstantinopel zurücklegen mußten, um in ihre Heimat zu gelangen, begegneten überall einem sehr freundlichen und liebenswürdigen Verhalten. „Allmani Kaui", „der starke Deutsche", beschäftigte intensiv die Volksphantasie. Anders die Christen, die zum Teile griechisch-orthodox zu den russischen Konsulaten in sehr nahen Beziehungen standen, zum Teile wiederum in französischen Gebieten erzogen in großer Anhänglichkeit zu Frankreich aufgewachsen sind..."

*

Es war vergebens. Valentino konnte sich nicht auf den Bericht in der Zeitung konzentrieren. Seine Gedanken kreisten immer zu um die Kellnerin. Auf der Flucht vor den Blicken des Mannes, der noch immer draußen auf der Straße zu ihm hinüber stierte.
Eine unangenehme Angelegenheit. Was sollte er tun? Hinausgehen und sich bei dem Herrn erkundigen,

welches sein Begehr war? Den Tisch wechseln, sodass er, vom Schnauzer unbeobachtet, seine eigene Beobachtung der Schönheit fortsetzen konnte?

Da kam Valentino ein Verdacht. Vielleicht starrte der Mann gar nicht ihn an, sondern ebenfalls das Mädchen. Vielleicht wollte er ihr Böses.

Sollte Valentino, ganz der Ritter, der er stets zu sein beliebte, das schwarz gekleidete Scheusal draußen vertreiben, um seine Angebetete zu erretten? Doch das junge Fräulein schien völlig unbehelligt. Sie spürte keinerlei Gefahr und tanzte frohen Mutes mit Kaffee und Gebäck von Tisch zu Tisch.

Sollte Valentino sie ansprechen? Oder besser noch, bis zum Ende ihres Dienstes hier im Café auf sie warten, um sie auf dem Heimweg zu beschützen? Wie lang mochte das noch dauern? Er sorgte sich um sie und war doch unfähig, auch nur ein offenes Wort an das zarte Geschöpf mit den funkelnden großen Augen zu richten.

Seine Schüchternheit hatte das Urteil über seine Lage bereits gefällt. Weder imstande den Schnauzbart zu vertreiben, noch selbst als Ritter um die Gunst der Dame zu werben, harrte er der Dinge, die ohne sein Zutun geschehen würden. Er trank weiter Kaffee, vergewisserte sich der anhaltenden Anwesenheit des schwarz Bekleideten und griff irgendwann doch wieder zur Zeitung.

*

„Die landwirtschaftliche Bevölkerung wurde natür-lich durch die Einberufung der kräftigsten männlichen

Arbeiter in den Krieg hart mitgenommen. Andererseits aber wird gerade die Bauernbevölkerung – und dies ist die weitaus zahlreichste Schicht – von der Abschließung des Landes vom Weltverkehr am wenigsten betroffen. Von den Erzeugnissen ihres Bodens können die Fellachen[1], die zum großen Teil noch im System der Naturalwirtschaft leben, sich und ihr Vieh immer zur Genüge ernähren. Wenn die Blockade der Küste einige Monate anhält und die aus dem Ausland eingeführten Vorräte erschöpft werden, wird der Fellache wohl etwas ungern auf den Kaffee, Tee, Zucker oder Reis verzichten, aber der Weizen und die Durrha[2], die mannigfachen Gemüsearten, die er in seiner eigenen Wirtschaft erzeugt, ebenso die Milch und das Fleisch seiner Schafe, das Öl von Sesam und Oliven lassen ihn Mahlzeiten bereiten, um die ihn viele reiche Städter in diesen schweren Zeiten beneiden dürften."

*

Ja der Krieg. Es sah nicht gut aus in Europa. Engländer, Russen und Franzosen beschossen sich bereits heftig mit den Deutschen und Österreichern. Nun war mit den Türken das nächste Weltreich dem Kriege beigetreten.

Italien hatte sich zu Beginn des Krieges für neutral erklärt. War es zuvor mit den Mittelmächten verbündet, schlug es sich dann auf die Seite der Briten

---

1   Ackerbau treibene Landbevölkerung
2   Getreideart, Hirse

und Franzosen, um Gebiete in Österreich annektieren zu können.

Egal wohin sich Valentino auch wenden würde, auf Frieden würde er dieser Tage nicht treffen. Seine Reise in die Heilige Stadt verschaffte ihm zumindest vorläufig Schutz vor der Einberufung zum Dienst an der Waffe.

Vielleicht, wenn er all seinen Mut zusammennähme, könnte er die schöne Kellnerin für sich gewinnen und sich für die Dauer des Krieges in einem der zahlreichen anatolischen Dörfer als Bauer sein Leben sichern. Gedankenverloren blickte er umher.

Wo war die Schöne jetzt? Valentinos Träumereien hatten ihn unaufmerksam werden lassen. Panik setzte ein. Wo war das Mädchen? Hinter der Theke stand sie nicht. Durch das Café tanzte sie nicht. Draußen auf der *Grande rue de Péra* war sie nicht...

Auch der schwarze Mann war fort.

DREI UHREN FÜR EIN PFERD

Sie blickte durch die Fensterscheibe. Drei goldene Taschenuhren lagen unmittelbar hinter der Glasscheibe auf der Ladentheke. Zwei Männer standen zu beiden Seiten des Tischs und unterhielten sich. Der eine mit weißem Bart, Fes und dunklem Anzug. Der andere in blank geputzter Uniform und dem Kalpak[1] eines Offiziers. Sie nahmen von ihrer Beobachterin draußen auf der Straße scheinbar keinerlei Notiz und das Mädchen wiederum verstand nicht, wovon drinnen die Rede war.

Was diese Uhren hier überhaupt zu suchen hatten. Bevor sich die ganzen feinen Herren aus Europa hier niederließen, reichte dem braven Mann vom Bosporus die Sonne, um zu wissen, ob es gerade Tag oder Nacht sei. Die Sonne reichte auch dem Muezzin, um zu wissen, wann er zum Gebet zu rufen habe. Der brave Mann ließ sich dann zum Gebet nieder. Alles andere konnte zwischen den Gebeten erledigt werden. Essen, Arbeiten, Handeln, Schlafen. Welche Zeit braucht es da noch?

Doch die Europäer wollten alles ganz genau wissen. Auf die Minute, ja auf die Sekunde genau wollten sie den Tag einteilen und jeden Moment des Daseins bestimmen, um ihn im Voraus planen zu können. Doch wofür?

---

1   Fellmütze osmanischer Offiziere

Das junge Mädchen mit der zerschlissenen Kleidung hatte dafür kein Verständnis. Sie teilte die Begeisterung des alten Sultans nicht, der den Uhrmacher aus dem fernen Deutschland angeworben hatte. Nur, damit sich dieser um die Uhren des Palasts, der Prinzessinnen und Prinzen und ganz Stambuls kümmern könne. Sie wollte nicht mit der Zeit gehen. Sie wollte die Zeit nicht messen können.

Und doch, immerhin schienen diese Uhren aus Gold zu sein. Gold, welches sie gut gebrauchen konnte, um es gegen ein paar Para[1], etwas Käse vielleicht und neue Kleidung einzutauschen. Sie musste keinen Hunger leiden, das nicht, aber gut ging es ihr hier in Pera dennoch nicht.

Sie lebte in einem Holzverschlag etwas abseits der feinen Herren, die aus allen Ländern der Welt hier zusammengekommen waren.

Ob sie sich vielleicht drüben in Stambul wohler fühlen würde? Dort, wo mehr von ihresgleichen waren. Dort, wo nicht auffallen würde, dass ihr Schleier vor dem Gesicht nichts weiter war, als ein langer Streifen grünen Stoffs, der mit zwei Riemen hinter den Ohren gehalten wurde. Kaum bedeckt vom fleckigen Lumpen, welcher ihre Haare verhüllte. Dort, wo sie zwar in der gleichen Armut leben, nicht jedoch jeden Tag aufs Neue dem Reichtum anderer Leute mit neidvollen Blicken begegnen müsste.

Der Uniformierte verließ das Geschäft, der Uhrmacher ging in den Hinterraum, doch die drei Uhren lagen noch an ihrem Platz.

---

1 Türk. „Geld / Münzen"

Sollte sie einfach zugreifen? Sich der Schmuckstücke annehmen und das Weite suchen, in der Hoffnung, später einen Käufer zu finden. Was, wenn der Uhrmacher zurückkäme.

Sie musste es wagen. Was hatte sie schon zu verlieren? Kein Polizist weit und breit zu sehen. Langsam öffnete sie die Ladentür. Doch nur einen Spaltbreit, um die Glocke nicht zu läuten. Mit der Linken fischte sie nach den drei Uhren. Es glückte. Einen Wimpernschlag später verschwanden die drei Taschenuhren in der Falte ihres Gewands.

Ihr Herz begann wie wild zu pochen. Mit einem Mal hatte die Aufregung sie gepackt. Nichts wie weg. Reißaus nehmen, bevor man sie bemerkte. Sie schlug den Weg nach Galata ein. Hinunter zur Brücke. Hastig, aber nicht laufend. Sie wollte sich nicht verdächtig machen. Es gelang auch dies.

Die letzte Ecke umschritten, erreichte sie, zwischen zwei Kutschen die Straße überquerend, jene Brücke über das glitzernde Wasser des Goldenen Horns. Die Diebin hielt einen Moment inne und schaute sich um.

An der Brückenmauer gegenüber lungerten ein paar Jünglinge. Ein Auto kam mit stotterndem Motor von Stambul herüber. Zwei Tscherkessen scheuchten die Diebin aus ihrem gradlinigen Weg. Direkt neben ihr hatte ein Bärtiger drei Holzkisten vor sich platziert. In ihnen lagen eine ganze Reihe Perlenketten. Holz, Stein, Meerschaum. Der alte Mann trug eine hellbraune Jacke und hatte sich ein dünnes Tuch als Turban um den Kopf gebunden. Ein Tespih[1] kreiste unablässig durch seine Finger, während die

---

1 Rosenkranz im Islam

Schwestern der Kette auf Männer warteten, um ebenfalls durch Finger rotieren zu können.

An der Ecke, um welche das Mädchen noch vor wenigen Augenblicken selbst gebogen war, kam jetzt ein Mann geritten. Zu beiden Seiten seines Schimmels hingen geflochtene Körbe von der Größe eines Kindes. Was darin war, blieb ungesehen. Das Pferd trottete gemächlich. Sein Reiter hatte den gleichen gelangweilten Blick aufgesetzt, wie ihn auch der bärtige Verkäufer trug.

Kein Rufen. Kein Rennen. Keine Polizei. Die Aufregung des Mädchens legte sich allmählich. Niemand schien den Diebstahl bemerkt zu haben. Eine Verfolgung blieb aus. Einem Ochsenkarren folgend betrat sie die Brücke zu Galata. Sie ging nun langsam und ruhig, während ihre Gedanken schon um mögliche Abnehmer des Diebesguts kreisten. Vielleicht würde sich in den Gassen des Großen Basars ein Käufer finden.

Ein Schuss vom anderen Ufer. Es war doch ein Schuss, oder? Sehen konnte die Diebin nichts. Sie war gerade auf dem Brückenscheitel angelangt und blieb wie angewurzelt stehen. Es kamen Menschen über die Brücke gelaufen, gefolgt von einem Radfahrer. Der Ochsenkarren vor ihr machte kehrt.

Sollte sie auch umkehren? Doch wie zum Großen Basar gelangen, denn Geld für eine Passage mit dem Boot hatte sie nicht dabei. Sie überlegte noch einen Moment, als sie der Uniformierten gewahr wurde, die sich am Platz drüben zu sammeln begannen. Auch von Galata her kamen Polizisten angerannt.

Das Mädchen suchte Deckung hinter dem Karren und begleitete ihn zurück nach dem Brückenende, welches sie zunächst hatte verlassen wollen.

Es fehlte der Gelegenheitsdiebin an Mut und Kühnheit, aus ihrem Verbrechen auch das nötige Kapital zu schlagen.

Auf der anderen Seite des Platzes drängten sich die Menschen vor dem Eingang zum Tünel[1]. Ohne einen Fahrschein zu lösen, stieg die Diebin in die Untergrundbahn, welche sie in die Nähe ihres Heims bringen sollte.

Wieder hinauf nach Galata. Zurück zu ihrer Hütte aus Holz. Zurück zu den Latten, die vor Regen, jedoch nicht vor Wind schützten. Ein Glockenton. Der Waggon ruckte. Beständig kreisten die Gedanken des Mädchens um die drei goldenen Uhren. Die Fahrt begann.

Langsam ging es durch die Dunkelheit hinauf. Wenn man die Uhren bei ihr finden würde, nicht auszudenken! Im dumpfen Licht schimmerten die Schienen leicht silbern. An den Seiten das schmutzige Backsteingewölbe des Tunnels.

Es war offensichtlich, dass eine Frau ihres Standes kaum drei Taschenuhren der Firma Meyer besaß. Wozu auch?

Das Rattern der Seilbahn war unter dem beständigen Gebrabbel und Gemurmel der Fahrgäste nur zu spüren, nicht aber zu hören. Sie musste die Schmuckstücke irgendwo verstecken.

---

1   Standseilbahn und zweitälteste Untergrundbahn der Welt

Ein zweiter Waggon, der zur selben Zeit oben in Pera gestartet war, passierte auf dem Nachbargleis. Morgen würde sich schon eine Gelegenheit finden, sich der Stücke gewinnbringend zu entledigen. Im Tunnel wurde es heller.

Das Licht der nahen Station verwandelte das finstere Braun der Backsteinwände in ein leuchtendes Rot. In ihren Gedanken tauchten bereits Kleider und Köstlichkeiten auf, die in den nächsten Wochen in ihr Leben treten würden.

Der Waggon ruckte wieder, kam abrupt zum Stehen. Die Türen öffneten sich. Passagiere strömten zum Ausgang. Von den Wellen getragen auch die Diebin, die sich unversehens vor dem Ladenlokal *Meyer Saatschilik*[1] wiederfand. In ihrer Aufregung hatte sie vollkommen vergessen, dass der Ort ihres Verbrechens genau am Ausgang der Bahn lag.

Wie versteinert blickte sie durch die Fensterscheibe des Ladens. Tatsächlich! Der Uhrmacher stand darin und blickte ihr geradewegs in die Augen. Ob er etwas ahnte?

Die Diebin geriet in Panik. Sie drehte sich nach links und begann zu laufen. Da öffnete Meyer die Tür seines Ladens. Er hatte ihren erschrockenen Blick bemerkt und das Gesicht erkannt, welches nur eine halbe Stunde zuvor durch sein Ladenfenster gestarrt hatte. Er rief, man solle die Diebin ergreifen.

Zwei Polizeibeamte, die zufällig in der Nähe standen, zeigten sich keinesfalls begriffsstutzig. Die Diebin war bereits in der nächsten Gasse verschwunden. Nun jedoch im Sprint. Gefolgt von zwei Uniformierten.

---

1   "Uhrmacher Meyer"

Laute Rufe drangen an ihr Ohr, die sie doch nur schneller laufen ließen.

Die Jagd begann.

Links, rechts. Wieder links und wieder rechts. Ein ganzes Stück gerade aus. Die Polizisten schafften es nicht, an die Verfolgte heranzukommen. Sie ließen sich aber auch nicht abschütteln. Vor dem Hotel *Pera Palace* ging es links ab. Die Diebin strauchelte. Sie war am Ende ihrer Kräfte. Doch von der Polizei ergriffen werden, bedeutete Zuchthaus. Selbst, wenn man die Uhren gar nicht bei ihr finden würde. Sie war schließlich davongerannt und damit war sie schuldig. Das würde sie nicht überleben.

Immer weiter kämpfte sich die junge Frau durch die Gassen, die zunehmend düsterer wurden. Dicht gefolgt von den Polizisten. Ein Blick über die Schulter. Nun waren es drei Beamte mehr als zuvor.

Wohin sollte sie? Ihr Haus lag nur noch zwei Straßen entfernt. Aber man würde sie beim Eintreten sehen. Dann wäre es aus. Was sollte sie tun? Wohin nur laufen, um nicht gefangen zu werden. Wenn ihr nicht bald etwas einfiele, wäre es um sie geschehen. Eine Lösung, ein Versteck musste her. Doch wo?

Hinter der nächsten Straßenecke schlüpfte sie in einen offen stehenden Hofeingang. Schon waren die Beamten heran. Durch einen Spalt im Tor beobachtete die Diebin das Geschehen auf der Straße. Leise betete sie zu Allah, dass niemand von den Bewohnern des Hauses sie bemerken und an die Polizei verraten würde.

Draußen waren auch die Polizisten zum Stehen gekommen. Ratlos blickten sie sich um. Wohin nur war die Diebin verschwunden? In eines der Häuser? Sollte man Verstärkung ordern und mit dem Durchsuchen beginnen? Oder aufgeben und sich etwas von den Strapazen der Verfolgungsjagd erholen?

Nein, das kam nicht in Frage. Der Uhrmacher unterhielt ausgezeichnete Beziehungen zum Hof. Kehrten sie ohne das Diebesgut zurück, würden Köpfe rollen. Zumindest metaphorisch.

Ein Beamter verließ daher die Gruppe, um Verstärkung zu holen. Zwei standen Wache und die beiden Übrigen klopften an der Tür des Hauses gegenüber. Die Durchsuchung begann.

Nicht, dass die Panik sich während der vergangenen Minuten auch nur für eine Sekunde aus dem Körper der Diebin geschlichen hätte, doch mit einem Mal brach sie derart heftig über dem Herzen des Mädchens herein, dass sie annehmen musste, das Pochen wäre auf der Straße wie Kanonendonner zu hören gewesen.

Jetzt war es aus mit ihr. Jetzt war alles vorbei. Gefangen von der Polizei, sie, die sich doch sonst nie etwas hatte zuschulden kommen lassen. All das wegen drei Uhren, deren Sinnhaftigkeit sie nie wirklich verstanden hatte. Wenn Allah doch nur ein Wunder wirken könnte, sie würde die goldenen Taschenuhren auch heimlich zurückbringen. Alles, nur nicht von der Polizei entdeckt werden.

Das Wunder blieb aus. Mehr Polizisten kamen. Ein Haus nach dem anderen wurde durchsucht. Bald schon würde man auch an ihr Versteck kommen. Sie überlegte fieberhaft nach einer Lösung.

Ob es im Haus eine Hintertür gab, durch die sie hätte entkommen können? Hier war jedenfalls nichts zu sehen. Nur ein paar Pferde standen angebunden im hinteren Bereich des Hofs.

Jetzt erst bemerkte sie, dass es sich um eine Station für Mietpferde handeln musste. Daher auch das geöffnete Tor.

Im Inneren des Hauses hielt wohl der Vermieter gerade ein Nickerchen. Wenn sie auf einem der Pferde im Galopp entkommen konnte, war dies ihre Rettung. Konnte sie überhaupt reiten?

Ihre einzige Rettung!

Die Polizisten waren unberitten. Welche Wahl hatte sie schon. Doch, wieder eine Diebin sein? Das wollte sie nicht. Das Mädchen trat ins Haus.

„Kannst du überhaupt zahlen?", wunderte sich der verärgerte und seines unverdienten Schlafs beraubte Mann. Die Diebin hielt ihm eine der Taschenuhren vor die Nase.

„Das reicht aber nicht", gab der Mann zurück, ohne die Uhr auch nur eines Blickes zu würdigen. Einen Wimpernschlag später baumelten zwei Uhren vor seiner Nase, doch er schüttelte nur mit dem Kopf. Mit einem unhörbaren Seufzen nahm das Mädchen auch ihre dritte Uhr aus der Falte des Gewands und legte ihre gesamte Beute vor den Mann auf den kniehohen Tisch.

Der Mann nickte.

ZWEI KAISER AM BAHNHOF

Wie viel Zeit mochte schon vergangen sein? Er wusste es nicht. Doch es kam ihm unendlich lang vor. Dieses Warten war ja nicht einmal das Problem. Ekrem war es gewohnt. Doch zog er seine kleine Dienststube bei dieser Art der Tätigkeit vor.

Die Oktoberkälte hatte bereits Einzug in Stambul erhalten und es fröstelte ihn ein wenig, als er nun zusammen mit zahlreichen Offizieren, Beamten und anderen hohen Würdenträgern am Bahnhof Sirkedschi auf den hohen Besuch wartete.

Kerzengerade stand er hinter seinem Vorgesetzten, dem Großwesir des Reichs, Talaat Pascha. Ihm gegenüber stand die Führungsriege der Hohen Pforte, angeführt von Sultan Mehmed Reschad V. und, als eigentlicher Herrscher des Osmanischen Reiches, Enver Pascha. Der Kriegsminister bildete zusammen mit seinen Kumpanen Talaat und Cemal ein Triumvirat, welches den Sultan nur als Marionette benutzte. Das konnte Ekrem jedoch nur recht sein. Fand er doch Lohn und Brot im jungtürkischen Staatsapparat.

Doch diese Langeweile war unerträglich. Ekrem fischte mit der Rechten nach seiner Taschenuhr. Elf Minuten nach ein Uhr. Der Kaiserzug aus Deutschland war bereits überfällig.

Der kleine Bürokrat Ekrem begann zum Zeitvertreib eines seiner liebsten Spiele. Er nannte es 'Orden zählen'.

Da er häufig mit hochdekorierten Herrschaften verkehrte, doch bei derlei Aktivitäten lediglich zur reinen Zierde und ohne besondere Aufgabe bei ihnen verweilte, hatte er sich kleine Spiele einfallen lassen, um das teilnahmslose Warten möglichst schnell zu überstehen. Nicht, dass ihm diese Beschäftigung sonderliches Vergnügen bereitet hätte. Kaffee und Tabak waren immer noch seine besten Waffen zum Totschlagen der Zeit, doch das Zählen blitzender Metallplättchen war immerhin eine Beschäftigung, deren Nachgehen sich in seinem augenblicklichem Umfeld als lohnenswert erwies.

Enver Pascha, der Kriegsminister aus den Reihen des Komitees für Fortschritt und Einheit, hatte sich heute besonders herausgeputzt. Er galt als großer Fan der Deutschen und war schließlich nicht ganz unschuldig daran, dass man sich an Seiten der Deutschen und Österreicher nun im Krieg mit fast allen anderen Nationen der Welt befand.

Diesen Umstand vor Augen, zeigte sich seine Brust jedoch bemerkenswert blank. Ekrem zählte auf der Brust des Ministers einen Osmanje-Orden I. Klasse, einen Eisernen Halbmond und zwei deutsche Orden. Das Eiserne Kreuz, welches isoliert auf Höhe der unteren Rippen angebracht war und ein Pour le Mérite mit Eichenlaub. Das war, für einen Minister des Krieges, nicht sonderlich viel.

Ekrem schaute wieder auf seine Uhr. Dreizehn Minuten nach ein Uhr. Dieses Spiel hatte offensichtlich bisher nicht zum gewünschten Erfolg geführt. Zeit für eine zweite Runde.

Um etwas mehr Zeit zu überbrücken, nahm sich Ekrem nun den höchstdekorierten Mann vor, der in seinem Sichtfeld am Bahngleis Stellung bezogen hatte. Seine Majestät der Sultan höchstpersönlich. Am Oberarm des Großwesirs vorbei spähend, begann Ekrem zu zählen.

Seine Augen ruhten gerade auf dem Osmanje-Orden, als er einen Stoß in die Seite erhielt. Erzürnt drehte er sich um und blickte in das Gesicht eines jungen Mannes.

"Was soll das?", schnauzte er ihn an.

"Verzeihung, Effendim. Es war keine Absicht", gab der junge Mann zurück, bevor er sich wieder von Ekrem abwandte und ein hölzernes Dreibein neben ihm platzierte. Dann verschwand er wieder in Richtung Ausgang.

Ekrem, der nicht ernsthaft erbost war, widmete sich wieder seinem Spiel. Doch schon nach kurzer Zeit kam der junge Mann wieder zurück. Dieses Mal trug er eine Kiste in der Hand. Er stellte sie neben dem Stativ ab, öffnete sie und brachte eine Kamera zum Vorschein, die er vorsichtig auf dem Gestell befestigte.

„Was wird das?", fragte Ekrem den Mann.

„Ich soll hier eine Fotografie anfertigen. Vom deutschen Kaiser und seiner Majestät dem Sultan."

„Wer gab dir den Auftrag?"

„Ibrahim Hakki Pascha, der Gesandte unseres Reichs und Freund meines Vaters. Er sandte einen Brief aus Berlin. Also packte ich meine Sachen und kam her", gab der Fotograf gelangweilt zurück, während er sich weiterhin mit dem Aufbau seiner Fotokamera beschäftigte.

„So bist du zu spät", merkte Ekrem kühl an.

Er blickte auf seine Taschenuhr. Es waren weitere zwölf Minuten vergangen.

„Der Zug aus Deutschland war für ein Uhr geplant."

Der Fotograf blickte Ekrem erstaunt an. „Sagt, Effendim, seht ihr hier auf dem Bahnsteig einen deutschen Kaiser?"

„Nein."

„So bin ich auch nicht zu spät. Und jetzt entschuldigt mich bitte, ich habe zu tun."

Damit hatte Ekrem nicht gerechnet. Ganz schön selbstbewusst dieser junge Fotograf. Doch was sollte es ihn kümmern. Es gab Wichtigeres für ihn zu tun. Er schaute wieder auf die behangene Brust des Sultans, da tippte ihn der Bursche schon wieder an. Dieses Mal gezielt und mit dem Zeigefinger auf die Schulter.

„Verzeiht, Effendim, könntet Ihr Euch wohl etwas mehr zur Seite stellen. Einen Schritt weiter links wartet es sich doch auch ganz gut, nicht wahr?"

Was fiel diesem Kerl ein, ihn hier so herumzukommandieren. Ihn, einen Beamten des Großwesirs und damit auch des Sultans. Ekrem war doch kein Statist in einem dieser Hinterhoftheater.

„Nennt mir einen Grund," blaffte er zurück, „warum ich nicht genau an dieser Stelle auf den deutschen Kaiser warten sollte. Nein – Schweigt! Ich will es gar nicht wissen. Euch passt wohl meine Nase nicht. Oder rieche ich etwa, wie ein Hafenarbeiter, der seit

Wochen nicht mehr ins Wasser gefallen ist? Na los, sagt schon!"

Ekrem war nun doch aufgebracht. Das Warten, so fern von seinem geliebten Kaffee und Tabak, hinterließ seine Spuren.

„Verzeiht, Effendim," antwortete der Fotograf seelenruhig, „es ist bloß so, dass der Winkel nicht ganz passt und ich doch eine gute Fotografie aufnehmen soll."

„Und was passt bei Eurem Winkel nicht?"

„Nun, da Ihr schon so reizend fragt, will ich es Euch erklären. Wenn ich von hier belichte, erscheint mir doch der Rumpf unserer Majestät des Sultans von gar sonderlicher... verzeiht, imposanter Größe. Ich mag es lieber von dort versuchen, wo Ihr gegenwärtig steht."

Das leuchtete Ekrem ein. Wenn der Sultan ins rechte Licht gerückt werden sollte, konnte er schließlich nichts dagegen haben. Ekrem trat also wie gewünscht einen sehr weiten Schritt zu Seite. Sofort schob der Fotograf sich selbst und die Kamera hinterher.

„Habt Dank, Effendim, so ist's besser. Der Winkel stimmt, das Licht passt auch. Nun verdeckt seine Exzellenz fast vollständig den Herrn Kriegsminister. Ganz so sollte es doch sein, nicht wahr?"

Ekrem verstand nicht.

„Wieso sollte der Herr Minister verdeckt werden? Wer gab dir den Befehl?"

„Och, niemand. Ich kann ihn nur schlecht leiden. Da will ich ihn auf meiner Fotografie nicht mit nach Hause nehmen müssen."

„Das ist ja unverschämt! Wie heißt du, Bursche? Ich will dich dem Großwesir melden!"

„Mein Name ist Ibrahim, Effendim. Meldet mich ruhig. Doch wartet bitte, bis mein Namensvetter aus Berlin eingetroffen ist. Er wird sich sicherlich zu diesem Sachverhalt äußern wollen."

„Euer, wer?"

„Mein Namensvetter. Ihr erinnert Euch? Ibrahim Hakki Pascha. Gesandter unseres Reichs am Hof des deutschen Kaisers. Freund meines Vaters. Guter Freund meines Vaters. Ihr versteht mich?"

Ekrem schnaubte leicht durch die Nase und verkniff sich ein weiteres Wort. Nur keinen Streit anfangen, dessen Fronten nicht eindeutig geklärt waren. Er versuchte, das Thema zu wechseln und den jungen Fotografen Ibrahim etwas auszuhorchen.

„Sagt, Junge, warum könnt Ihr unseren Vizegeneralissimus Enver Pascha nicht sonderlich leiden?"

„Das fragt Ihr im Ernst, Effendim?"

„Das tue ich!"

„Dieser Mann hat Zehntausende tapfere Landsmänner von uns auf dem Gewissen!"

„Wir stehen im Krieg!"

„Er hat sie bei Sarikamisch in den Kältetod geschickt und wofür? Für nichts!"

„Die Männer haben ihr Leben für Allah und unseren Sultan gelassen! Sie sind dafür mit dem Paradies belohnt. Zweifelst du etwa daran, junger Ibrahim?"

„Ich zweifel an der Befähigung unseres Kriegsministers."

Das kam einer Beleidigung des Vizegeneralissimus gleich. Unter anderen Umständen hätte Ekrem das bisher sehr leise verlaufene Gespräch umgehend melden müssen. Er wollte jedoch für kein Aufsehen an diesem Tage sorgen. Immerhin war es ein äußerst festlicher Anlass, zudem man sich hier am Bahnhof eingefunden hatte. Der Beamte des Hofes fuhr mit gedämpfter Stimme fort:

„Ihr wisst genau, Bursche, dass es Gründe gab, warum unsere Männer starben."

„Das weiß ich wohl. Schnee, Kälte und die maßlose Inkompetenz des Herrn, der dort drüben hinter dem Sultan steht."

„Das ist eine Lüge! Es waren die Armenier, die unseren Sultan verraten haben und dem Feind zum Sieg verhalfen."

„Dem Feind zum Sieg verhalfen? Gegen die Russen ist fast keiner unserer Soldaten mehr zu Felde gezogen. Sie erfroren doch schon auf dem Weg zum Schlachtfeld, weil der Herr Kriegsminister nicht bis zum Frühjahr warten konnte."

„Lüge! Es waren die Armenier, welche die Seiten wechselten!"

Der Disput zwischen Ibrahim und Ekrem steigerte sich bedrohlich in seiner Lautstärke, sodass der Beamte annehmen musste, schon bald vom Großwesir, der noch immer vor ihm stand, bemerkt zu werden. Den Fotografen schien dies indes nicht zu kümmern.

„Die Armenier sind nur ein kleines Rad im Getriebe dieses Krieges. Sie kämpfen auch in unseren Reihen."

„Nicht mehr", antwortete Ekrem tonlos, „Die Armenier erhielten ihre gerechte Strafe."

„Ihr meint, das Abschlachten ihrer Familien, das Versenken im Schwarzen Meer bei lebendigem Leibe und das Vertreiben ganzer Dörfer in die Wüste Syriens sei eine gerechte Strafe? Hat Euch das der Großwesir derart fest in den Schädel gehämmert, dass Ihr nicht imstande seid, selbst darüber zu urteilen?

Der Tag wird kommen, da die Verantwortlichen für diese Schande unseres Reichs am Galgen hängen werden... Doch seht, gerade trifft der Zug ein. Er bringt noch mehr Männer, die Schuld auf sich geladen haben."

DER GEJAGTE VALENTINO

Drei Tage war Valentino schon in Stambul gewesen, als er endlich die Gelegenheit fand, einen Ausflug auf den asiatischen Kontinent zu wagen. Er erlaubte sich, einen Teil seiner Reisekasse in eine Überfahrt mit einem Ruderboot zu investieren.

Die kräftigen Burschen, welche mit starken Zügen den Kahn über den ruhigen Bosporus zogen, schwitzten gehörig, als das Ziel allmählich in Sichtweite kam. Denn Valentino hatte nicht etwa den kürzesten Weg, in das nur einen Steinwurf entfernte Skutari, gewählt, sondern sich für Kadiköi entschieden.

Dieser Ort lag etwas weiter südöstlich und wurde an seiner westlichen Seite nicht nur von den Wassern des Kanals gestreichelt, sondern auch von den Wogen des südlich gelegenen Marmara Meers sanft umspült.

Er hatte dieses Ziel gewählt, da hier vor wenigen Jahren talentierte Steinmetze – es handelte sich um seine Landsmänner – einen prächtigen Bahnhof errichtet hatten. Einige von ihnen sollten auch noch im angrenzenden Stadtviertel wohnhaft sein. So zumindest schilderte es ihm ein Gast, der ebenfalls in Valentinos Hotel nächtigte. Sich einmal dort umzuschauen, schien nicht die schlechteste Idee zu sein. Wenn Valentino ein wenig Glück hatte, würde er sogar auf einen der Italiener treffen, der ihn durch eine aktuelle Gazette mit den neuesten Nachrichten aus der Heimat versorgen konnte. Einen Tag zuvor, war ihm lediglich eine deutsche Zeitung in die Hände gefallen, die – zumal nicht seiner ureigensten Meinung entsprechend – mit seinen rudimentären Kenntnisse der deutschen Sprache nur schwer zu lesen war. Hier, inmitten der Fluten des Bosporus, holte er sie erneut hervor, um einen weiteren Abschnitt zu studieren.

*

„Der „Messaggero[1]" (..) verlangte schon vor Kriegsbeginn, daß die deutschen und österreichischen Botschafter und Gesandten, sowie die Innewohner des Vatikans, die einer von beiden Nationen angehören, schleunig Italien zu verlassen haben oder andernfalls interniert werden müssen. England, so gefügig es sich auch allen anderen Wünschen der Triumvirn Rapagnetto, Peppino Garibaldi und Ernesto Nathan zeigt, hat in diesem Fall eine zu sichere Witterung, welcher Schaden aus einem Konflikt mit dem Vatikan nicht nur Italien, sondern der ganzen Ententeklique erwachsen muß, um bei der Lage der Dinge nicht vermittelnd einzugreifen. Da es meint, mit Gold alles zu können, hat es die Frechheit gehabt, dem hl. Stuhl mitteilen zu lassen, falls der Papst für die Dauer des Krieges ein Asyl in England haben wolle, stehe ihm dies, sowie einige Millionen zur Verfügung.

Unnötig zu sagen, daß selbstverständlich dieses Anerbieten vom hl. Stuhl abgelehnt ward. Der hl. Vater wird nie und nimmer sich in das Lager einer kriegsführenden Partei begeben! Es ist ferner über jeden Zweifel erhaben, daß der Sitz des Statthalters

---

1   „Ill Messaggero", überregionale italienische Tageszeitung

Christi und des Nachfolgers Petri in Rom ist. Es zeigt sich gerade heute, wie notwendig es war, dem hl. Stuhl eine Situation zu sichern, die ihn nicht dem aussetzt, von dem Willen einer vom Pöbel beherrschten italienischen Regierung insofern abhängig zu sein, als der hl. Vater keine weltlichen Machtmittel hat sich vor Insulten einer derartigen 'Regierung' zu schützen. Es ist nunmehr eine Frage plötzlich wieder aufgerollt, die alle Katholiken der Welt, in welchem Lager sie auch stehen, gemeinsam betrifft."

*

Auch wenn die Überfahrt mit dem hölzernen Kahn ein angenehmes Amüsement darstellte, und die Kulisse der alten Stadt zu seiner Rechten einen imposanten Eindruck auf ihn machte, flogen Valentinos Gedanken immer wieder zu jener jungen Frau, welche ihm vor drei Tagen Kaffee serviert hatte.

Wo sie wohl abgeblieben war?

Ganz gleich, wohin Valentino auf seinen Streifzügen durch Stambul und Pera gegangen war, am Ende fand er sich stets vor jenem Café wieder, indem er ihr Antlitz entdeckt hatte. Unauffällig versuchte er dann, einen Blick durch das Fenster auf die Bediensteten im Inneren zu werfen, bevor er sich schließlich hinein traute, nur um ernüchtert festzustellen, dass das schöne Kind wieder nicht zum Dienst erschienen war.

Ob ihr wohl etwas zugestoßen war? Drei Tage am Stück nicht bei der Anstellung im Café zu erscheinen, kam ihm allmählich merkwürdig vor.

Hatte sie ihre Stelle gekündigt? Seine Bemühungen, Näheres über den Verbleib des Mädchens beim übrigen Personal in Erfahrung zu bringen, scheiterten an seinen mangelnden Sprachkenntnissen. Es war zum Verzweifeln. Wie gern hätte er sie noch einmal gesehen. Doch wo finden, wenn nicht in eben jenem Café?

Der Ausflug ans andere Ufer, so dachte sich Valentino, verhalf ihm möglicherweise zu etwas Abstand. Allerdings, hier auf dem Wasser, stellte sich das gewünschte Ergebnis noch nicht ein.

Er griff erneut zur Zeitung. Irgendwie mussten seine Gedanken doch unter Kontrolle zu bringen sein.

*

„Es ist kaum daran zu zweifeln, daß die „Triumvirn" die Gelegenheit benutzen wollen, um dem verhaßten Papsttum einen 'vernichtenden' Schlag zu versetzen. Es wird sich darum handeln, ob Papst Benedikt im Vatikan verharrt, und abwartet, wie weit sich der radikale Wahnwitz versteigt, oder ob er es nicht vorzieht, in einem neutralen Land, etwa der Schweiz oder Spanien, das Ende des Völkerkrieges abzuwarten.

Den Entschlüssen des Oberhauptes der katholischen Kirche vorzugreifen, geziemt uns nicht, wohl aber etwas anderes. Es wird der Tag kommen, an dem der Friede geschlossen wird, dann wird es Aufgabe unserer und der österreichischen Regierung sein, dafür zu sorgen, daß eine Lage für die Zukunft geschaffen wird, die so gestaltet ist, daß die völlige

Souveränität des hl. Stuhls, der freie Verkehr aller Regierungen zu jeder Zeit mit ihm niemals mehr in Frage gestellt werden kann. Die italienische Regierung, die geschworene Eide für nichts achtet, hat in keiner Wiese die moralischen Qualitäten, um die Herrschaft in der Stadt auszuüben, in der der Papst seinen Sitz hat! Heute wird diese Behauptung, die noch gestern von sehr vielen unserer Mitbürger absolut negiert ward, von keinem ernstlich Denkenden mehr bestritten werden können!"

*

Die Ruderer erreichten ihr Ziel, einen seitlich gelegenen Steg zu Füßen des imposanten Kopfbahnhofs Haidar Pascha. Valentino sprang aus dem Kahn, nachdem er dem Bootsführer ein paar Münzen in die Hand gedrückt hatte. Langsam überquerte er die Planken, unter denen sich die Brandung zunächst an den starken Pfählen teilte, bevor sie in gleichbleibendem Schlage an der Kaimauer zum Halt gezwungen wurde.

Ein paar Schritte, ein paar Stufen und Valentino hatte den Bahnhofsvorplatz erreicht. Die von rechts kommende Straße führte einige Spaziergänger und Kutschen, welche vordergründig spätere Bahnpassagiere transportierten. Der Warenverkehr musste an anderer Stelle auf die Schienen gelangen.

Direkt am Kai machten ein großes Dampfschiff und zwei kleinere Fähren fest. Reisende stiegen unter dem Gekreisch der Möwen, den herzzerreißenden Bittrufen eines Bettlers und dem allgemeinen Getöse, den ein solcher Hafenbetrieb nun einmal von sich zu geben pflegt, aus und ein. Valentino blieb einen Moment stehen, um das Bauwerk auf sich wirken zu lassen.

Eintausendeinhundert hölzerne Pfähle zu je einundzwanzig Metern waren mit der Kraft einer Dampfmaschine hier in den Meeresgrund geschlagen. So entstand vor wenigen Jahren das Fundament, welches den Bahnhof samt Vorplatz trug. Fünf Stockwerke wuchs das burgähnliche Gebäude in die Höhe. Auf einer Breite von gut einhundertzwanzig Schritt streckte es seine majestätische Front dem Meer entgegen. Um die für einen Kopfbahnhof vorteilhafte U-Form zu bilden, gingen von dieser Front zwei Flügel landeinwärts.

An den so entstandenen Ecken reckten sich zwei massive Türme empor. Sowohl Front, als auch die Seiten des Gebäudes waren mit unzähligen Fenstern bestückt, wobei die Größe je nach Reihe variierte. Die größeren Fenster der mittleren Reihe wiesen überdies einige Verdachungen mit kunstvollen Ornamenten auf. Dazu kamen auf der Frontseite des Bahnhofes ein halbes Dutzend doppelstöckige und ein weiteres halbes Dutzend einstöckige, halb aus der Fassade hervorstehende Säulen. Das sich so ergebene Muster fand seine Fortsetzung auch auf den bereits erwähnten Ecktürme, welche allerdings rundlicher Gestalt waren.

Weitere Spielereien der Steinmetze, und Zeichen ihres künstlerischen Könnens, überzogen die Außenwände des Gebäudes, ohne dabei Einschränkungen an seiner Erhabenheit selbst in Kauf zu nehmen. Valentinos Landsleute hatten unter Leitung der Deutschen tatsächlich Großartiges geleistet.

Doch bevor er seine Erkundung Asiens fortsetzte, breitete Valentino noch im Stehen die erworbene Zeitung aus. Wenigstens den letzten Absatz galt es zu beenden. Erst dann, so sagte er sich, würde er den Bahnhof betreten und den Schund entsorgen, den die Deutschen gegen seine Regierung aufs Papier gedruckt hatten.

„In welcher Weise sich diese Frage regeln wird, darüber steht uns heute kein Urteil zu, das ist eine cura posterior[1]. Aber sie m u ß gelöst werden und doch ehe sie es ist, richten wir die drohende Mahnung über die Alpen nach Italien, sich wohl vorzusehen, daß die sinnlosen Fanatiker, die ihr Land in ein Meer

---

1   Lat. „spätere Besorgnis"

von Blut stürzen, nicht auch neue, schwerste Schuld durch die Verletzung der souveränen Rechte des hl. Vaters auf sich laden. Wie wir für das eine Vergeltung von ihnen fordern, so würden wir es auch für das andere in strengster Weise tun! Darum: Discite, moniti![1] "

*

Kopfschüttelnd schritt Valentino die Frontseite des Bahnhofs bis zur Mitte entlang. In den Händen die zerknüllten Papierseiten aus dem Land derer, die nun drohend die Faust gegen einen erhoben, obwohl man mit ihnen noch vor nicht allzu langer Zeit diesen prächtigen Bahnhof errichtete.

Zwölf Stufen aus weißem Marmor liefen zu einer kleinen Plattform zusammen, die sich zwischen den beiden Türmen entspannte. Auf der dritten Stufe von unten blieb Valentino stehen, um das Gebäude noch einmal eingehend zu betrachten, bevor er es letztendlich auch von innen zu inspizieren gedachte.

In die Front eingelassen waren zwei halb befensterte Haupteingangsportale von ungefähr acht Schritt Höhe und ebensolcher Breite. Diese nahmen eine reine Fensterfront gleichen Ausmaßes in ihre Mitte. An den Seiten befand sich jeweils ein – obwohl gleich hoher – wesentlich schmalerer Eingang. Zwei Zifferblätter waren ebenfalls angebracht. Das eine, kleinere der beiden, befand sich in der Mitte des mittleren Elementes. Das andere, wesentlich größere, thronte hoch oben unter dem Dach des Gebäudes.

---

1   Lat. „Lernt, seid gewarnt!"

Aus einer schlechten Angewohnheit heraus, verglich Valentino zunächst die beiden Bahnhofsuhren miteinander und diese daraufhin mit seiner Taschenuhr. Alles hatte seine Richtigkeit.

*

„Verrückt!", entfuhr es Valentino plötzlich. Kaum stand er ein paar Minuten vor dem Bahnhof, da lief das Mädchen aus dem Café an ihm vorbei. Er sah sie ganz deutlich nur wenige Armlängen entfernt aus dem linken Eingangsportal laufen.

Ja, das war sie, auch wenn Valentino ihr Gesicht nur kurz und nicht zur Gänze gesehen hatte. Ihre hatte sie dieses Mal unter einem weißen, leicht durchschimmernden Schleier verborgen. Der zarte Stoff umschmiegte auch ihren Mund, als sie in schnellen Schritten zu den wartenden Ruderbooten eilte.

Valentinos Gedanken hatten nach der gelungenen Überraschung ihre Arbeit nur schleppend wieder aufgenommen. Der erste Gedanke, der ihm schließlich kam, drückte lediglich seinen Gefallen am Gesehenen aus.

Sie war wunderschön, dachte er, unfähig auch nur irgendeine Handlung zu vollführen, wirklich schön!

Die Kellnerin erreichte den hölzernen Steg.

Gerade, als sie in eines der Boote stieg, stand sie wieder am Eingangsportal. Das Gesicht halb abgewandt. Valentino erkannte die Stupsnase, die zarten Wangen. Das Mädchen ging ein paar Schritte auf und ab, als würde sie auf jemanden warten.

Ihr Gang war nicht der eines Kindes aus einfachen Verhältnissen.

Es war beinahe, als glitt sie über den strahlend weißen Marmor. Unter dem langen, schlichten Kleid, blitzten kunstvoll verzierte Damenschuhe auf. Wieder an derselben Stelle des Portals angekommen, blieb sie stehen. Aus ihrer Tasche kramte das Mädchen etwas nicht Erkennbares hervor und steckte sich ein Stückchen davon in den Mund. Langsam drehte sich das Mädchen im Kreis. Dabei schien sie genüsslich zu kauen.

Valentino beobachte jedes Auf und Ab ihres Unterkiefers mit der gleichen Faszination, wie Romeo wohl seine Julia beobachtet haben musste. So, wie Caesar seine Kleopatra bestaunte. Und so, wie man es sich vom österreichischen Kaiser Franz Joseph erzählte, als er zum ersten Male auf seine Sisi traf. Das Mädchen blickte in Richtung des Meeres.

Gerade, als ihr Gemahl die Szenerie erreichte und sie ihm in die Arme fiel, stieg sie aus einer der ankommenden Kutschen. Aus dem Bahnhofsgebäude dröhnte das Signalhorn einer Dampflokomotive. Die junge Frau lief los. Zur pünktlichen Abfahrt der Bahn feuerte drinnen der Heizer noch einmal nach. Nur wenige Millimeter trennten ihren Schleier von Valentinos Mantel. Der Duft ihres Parfums lag noch einige Meter hinter ihr in der Luft. Ein vertrauter Duft. Valentino konnte ihn auf seiner Zunge schmecken. Er erinnerte ihn an schönste Momente aus glücklichsten Tagen. Er erinnerte ihn an seine Kindheit, die Wärme seiner Eltern und den Kaffee aus Pera.

Das Eingangsportal schlug hinter ihr zu. Wahrscheinlich saß sie bereits im Waggon, als sie gleichzeitig aus dem Bahnhof wieder heraus kam, von der Planke einer Fähre hüpfte und Arm in Arm mit zwei anderen Frauen um die Ecke bog.

„Verrückt!", entfuhr es Valentino erneut. Das musste ein Ende finden. So konnte das nun wirklich nicht weiter gehen. Was fiel ihr ein, innerhalb weniger Minuten hundertmal an ihm vorbei zu kommen? Warum war sie seit jenem Tag in Pera allgegenwärtig? In Valentinos Gedanken und vor seinen Augen. In jedem Moment seines Aufenthalts am Bosporus war sie für ihn sichtbar. Immer an seiner Seite. Nie konnte er auch nur einen Moment zur Ruhe kommen.

Sie war überall und dennoch unerreichbar.

UNTER FEIGENBAUM UND WEINSTOCK

Geradewegs rannte er um die Ecke und bog auf die Hohe Staffel. Im letzten Augenblick bremste er ab, schlug einen Haken und fing das Bündel Stoffe noch im Flug auf, welches ihm vor Schreck aus der Hand gerutscht war. Fast wäre der Laufbursche mitten in den Haufen kreisrunder Brote gestiegen, die seitlich der Straße aufgetürmt waren. Kurz blickte er sich um, da lief er auch schon weiter. Eine Stiege nach der anderen im Eilschritt nehmend.

Hinter ihm schrumpfte der Hügel aus dampfenden Broten allmählich in sich zusammen, da drei Armenier, jeweils mit rotem Fes auf dem Kopf, die Brote in zwei mit einem Tragebalken verbundenen Körbe legten. Die Männer trugen weite Hosen aus dunklem Stoff. Ihre schwarzen und dunkelgrauen Jacken trugen sie offen, sodass die darunter befindlichen Westen und Hemden zum Vorschein kamen. Die Kleidung musste seinerzeit teuer eingekauft worden sein. Maßgeschneidert, doch im Laufe der letzten Jahre war sie verschlissen und schmutzig geworden. Der eine von ihnen – der mit dem noch schwarzen Schnauzbart – trug ein gepunktetes Hemd. Die Kette einer Taschenuhr verschwand in seiner Westentasche. Noch zwei Brote, dann waren die Körbe voll.

Schon zur Hälfte war der Bube die Stiegen herabgesprungen. Schnell sollte er die fertigen Stoffwesten zum Zuschneider bringen. Ein Sprung auf die nächste Stiege. Noch ein Sprung und noch ein weiterer. Dann blieb er unvermittelt und wie angewurzelt stehen. Ein köstlicher Duft stieg dem Burschen in die Nase.

Das musste frischer Lejkech[1] sein. Der Konditormeister war wieder tatkräftig seinem Handwerk nachgegangen. Wie konnte der Laufbursche da an seine eigene Arbeit denken? Zu köstlich der Duft des sicherlich noch warmen Kuchens.

Jetzt galt es zu handeln! Er kannte den Konditor, ein freundlicher Mann, der, wie seine Eltern, aus Österreich stammte. Von einem Wimpernschlag zum nächsten wechselte der Gesichtsausdruck des Burschen vom vorherigen wohligen Grinsen zu einer kummervollen Miene. Damit betrat er bedächtig den Laden des Konditormeisters.

„Schalom", schluchzte der Bube mehr, als dass er grüßte.

„Auch dir wünsche ich einen guten Tag", grüßte der Konditor lachend auf Jiddisch zurück. Er hatte den Jungen bereits beim ersten Anblick durchschaut. „Bist du gekommen, um ein Stück Kuchen zu erschnorren?"

Der Junge nickte. Zögerlich tapste er ein paar Schritte näher.

„Hier nimm ein Stück", lachte der Konditormeister weiter, „und lass den Kunden deines Schneidermeisters nicht länger warten!"

---

1   Jidd. „Honigkuchen"

Der Bube griff zu, grinste wieder wie zuvor und verschwand aus dem Laden. In Gedanken versunken blickte ihm der Konditor nach. Die meisten Juden im Schtetl[1] besaßen keine Reichtümer, auch wenn sie mit den anderen, teils reichen Kaufleuten und Diplomaten aus Europa, Tür an Tür in Pera lebten. Sie waren einfache Handwerksleute, die ihr Glück am Bosporus gesucht hatten. Ein voller Magen galt hier viel.

„A bisl un a bisl vert a fule shisl[2]", murmelte er noch vor sich hin und drehte sich wieder zu seinem Kuchen um.

Auf der Straße war der Laufbursche längst verschwunden. Es war bald Mittagszeit. Es herrschte nicht ganz so viel Gedränge, wie sonst in Stambul und

1   Bezeichnung für Siedlung, Stadtteil mit hoher jüdischer Bevölkerung
2   Jiddisches Sprichwort: "Ein Bisschen und ein Bisschen ergibt eine volle Schüssel"

Galata üblich. Wer jetzt draußen war, ging es für ein, zwei Stunden etwas ruhiger an.

Gegenüber dem Geschäft des Konditors saß ein alter Türke. Er wohnte hier mit seinem nur etwas jüngeren Bruder. Lange schon ohne Lohn, Brot und Familie, ernährte das Derwischkloster etwas weiter oben hinter dem Turm die beiden Brüder. Der Alte saß jeden Tag gelassen vor seinem Haus, welches zwischen der aschkenasischen Synagoge von Galata und einem Geschäft für Musikinstrumente gelegen war, und beobachtete die Menschen, die an ihm vorüberzogen.

Einen freundlichen Gruß verteilte er gerne auch in ihm fremden Sprachen. Jiddisch und Deutsch grüßte er meistens. Doch auch die passenden Wörter in Französisch, Englisch, Russisch und sogar Italienisch kannte er.

Sobald jedoch ein Fremder, getäuscht von der scheinbaren Sprachgewandtheit des Türken, in längeren Sätzen antwortete, sich vielleicht nach dem Weg zu diesem oder jenem Ort erkundigte, dann lächelte der Alte nur beständig in seinen Bart und wiederholte die zuvor genannte Grußformel.

Der Fremde kratzte sich dann meist rätselnd am Kopf und betrachtete den Alten, der unbekümmert mit seinem schräg nach hinten hängenden Fes dasaß. Nicht selten amüsierte dieses Schauspiel die ortsansässigen Gesichter aus der Nachbarschaft. Sie kannten ihren alten Türken.

Tag ein, Tag aus, saß er auf der Hohen Staffel. Unter ihm sein Höckerchen, eine kleine Schale Kaffee in der Hand und die lange Pfeife zwischen die Lippen geklemmt. Bis zum Boden reichte sie dann, länger als die Arme des Alten.

Ein paar Lastenträger kamen vorüber, mit riesigen Körben auf den Rücken. Ein Reisender trieb seinen schwer beladenen Esel die Holzbohlen hinauf. Auch ein kleines illustres Grüppchen wohlhabender Damen ließ sich blicken. Elegante Kleider, mit viel Prunk und Pomp. Jede von ihnen trug ein kleines Körbchen oder einen schmuckvoll verzierten Beutel mit sich. Dicht zusammen laufend, und in von Kichern unterbrochene Erzählungen versunken, passierten sie die Hohe Staffel abwärts.

Eine ganze Weile später schritt eine einzelne noch sehr junge Frau die Stufen hinab. Hastig, jedoch betont unauffällig, sich mit der einen Hand den Schleier haltend und mit der anderen die Tasche ihres Gewands verschließend. Zwei Männer mit langen schwarzen Mänteln und fast noch schwärzeren Kremphüten schritten in die entgegengesetzte Richtung. Ein kahl Rasierter tauchte auf. Mit einer Pluderhose, die fast bis zu den Knöcheln durchhing, zeigte schon seine Kleidung an, wie sich der Mann unter der Last seines großen Flechtkorbs auf dem Rücken fühlen musste. In der Rechten hielt er eine Waage. Laut zählte er einige Äpfel ab, bevor er den Preis für ein Pfund abwechselnd auf Türkisch und Jiddisch noch bis in die letzte Kammer der umliegenden Häuser brüllte. Es ließ sich kein Käufer blicken. Zwanzig Schritte weiter oben wiederholte sich das Prozedere.

Nach einer Weile kam der Bruder vom Kloster zurück, setzte sich neben den Alten und kramte ebenfalls einen Tabakbeutel und eine langstielige Pfeife hervor. Er steckte sich die dünne Röhre an und begann zu paffen.

Es mochten drei oder vier Züge inhaliert worden sein, da legte er seine Pfeife zur Seite, ging ins Haus und kehrte ebenfalls mit einem Schälchen Kaffee in den Händen zurück. Die beiden Männer genossen ihren bläulichen Rauch und ihre schwarze Brühe. Sie schwiegen, ihre Blicke dabei stets auf die Straße gewandt.

„Abi[1]", brach der Jüngere schließlich das Schweigen, „man erzählt sich die tollsten Sachen oben in Pera. Selbst im Kloster gehen die Gerüchte um."

„Sooo?", fragte sein Bruder teilnahmslos, das Fragewort ins Unendliche dehnend.

„Du wirst kaum glauben, was man über den feinen Herrn Tannenbaum sagt."

„Über den Tannenbaum?", erwiderte der Alte müde.

„Er soll ein Krimineller sein. Ganz ein feiner Halunke."

„Sooo? Ein Halunke?"

„Und was für einer! Der Abraham Tannenbaum soll ein Geschäft mit der Frau Schulmann unterhalten"

„Ein Geschäft, also..."

„Ein abscheuliches Geschäft", bekräftigte der Jüngere.

„Um was für ein Geschäft handelt es sich den dabei, etwa Tabakschmuggel?"

Allmählich wurde der Alte munter.

---

1   Türkische Anrede: Großer Bruder

„Oh nicht doch."

„Ist er ein Dieb, ein Hehler?"

„Nein, nein."

„Handelt er mit Geheimnissen zwischen den Botschaften?"

„Auch das nicht."

„Ja, was macht er denn nun so Verbotenes mit der Frau Schulmann?"

Der Jüngere nahm noch einen langen Zug aus seiner Pfeife, bevor er seinem Bruder eine Antwort geben wollte. Er verstand es durchaus, Spannung zu erzeugen, jetzt, da er die anfängliche Unlust seines Bruders überwunden glaubte.

„Er handelt mit Mädchen. So mauschelt man es oben in Pera. Ich habe es selbst gehört. Gleich dreimal hat man es mir erzählt. In Ungarn von der Donau schnappt man die jungen Dinger weg. Können kaum lesen, noch schreiben. Haben keine Eltern. Mit den wundervollsten Verheißungen nach einem Leben wie im Jildis Kiosk lockt man sie. Doch, wenn sie erst beim ollen Tannenbaum in Stambul sind, ja dann..."

Er machte wieder eine Pause.

„Ja dann?", fragte der Alte, der mittlerweile seinen Bruder direkt ins Gesicht sah.

„Ja dann... Das weißt du schon!", antwortete dieser mit einer Mischung aus Aufregung und Verlegenheit.

„Sooo?", fragte der Alte wieder teilnahmslos und blickte zurück auf die Hohe Staffel.

Neue Menschen kamen und gingen. Sie schritten eilig die Stiegen hinauf oder hinab. Jeder trug etwas auf dem Rücken oder in der Hand. Das geschäftige

Treiben nahm allmählich wieder zu, die Mittagszeit neigte sich ihrem Ende. Wer hier entlang schritt, hatte Arbeit. Ein Geschäft zu unterhalten. Einen Auftrag auszuführen oder zu vergeben. Wer Schneider war, der schneiderte. Wer Bäcker war, der backte. Wer Lastenträger war, der trug Lasten. Wer Apfelverkäufer war, der verkaufte Äpfel. Und war einer, wie der Abraham Tannenbaum aus der Donaumonarchie, Mädchenhändler, dann handelte er mit Mädchen. So war das Leben im Schtetl.

So beobachteten es die beiden Türken, in der europäisch-jüdischen Welt vor ihrem Haus.

Weitere Minuten – es mögen auch Stunden gewesen sein – waren vergangen. Die beiden alten Männer schauten noch immer gemütlich auf das Treiben vor sich auf den Stufen. Dann und wann erklang ein freundliches 'Guten Tag', ein 'Schalom' oder ein 'Salaam' aus dem Bart des Älteren.

Es war ein Tag, wie es auch der Tag davor war und der Tag danach werden würde.

Die einzige Ungewöhnlichkeit an jenem Tage mag wohl der Spaziergang zweier recht unauffälliger Herren gewesen sein.

Diese schlenderten am späten Nachmittag gemeinsam die Stiegen hinunter. Der eine, ein wenig rundlich und mit feingliedriger Brille auf der Nase, trug seinen Kinnbart voll und kräftig. Darüber zogen sich zu beiden Seiten des Mundes spitze Enden eines Schnauzbarts hinweg. Er hatte eine locker sitzende Mütze auf dem Kopf, die aus der Entfernung an einen Turban erinnern mochte, jedoch keiner war. Sein

Gewand war schwarz mit einem weißen, leicht abstehenden Kragen und Saum.

Der andere Mann wirkte wesentlich älter, obwohl er doch jünger gewesen sein musste. Es waren bereits einige weiße Linien in seinen deutlich längeren und zu zwei Strängen auf die Brust fallenden Bart gewoben. Die hohe Stirn glänzte leicht in der untergehenden Sonne.

Die beiden unterhielten sich auf Französisch, denn obwohl sie Religion und Heimat teilten, unterschieden sich doch ihre Muttersprachen.

„Unsere Gemeinden gehen noch immer so verschiedene Wege, mein lieber Herr Dr. Markus", sagte der Mann mit Brille gerade, als sie vor der Synagoge zum Stehen kamen. „Da bemühen wir uns nach Kräften, doch ein jeder bleibt bei seinen Leisten."

„Wie wahr, wie wahr", bestätigte der andere nachdenklich.

„Sind wir denn so verschieden? Teilen wir nicht denselben Glauben, dieselbe Heilige Schrift? Haben wir nicht dieselben Traditionen und Riten und feiern wir nicht an jedem Schabbat, denselben Gottesdienst?"

„Das tun wir, verehrter Chachambaschi[1]. Doch seht nur uns beide an. Selbst wir müssen uns einer dritten Sprache bedienen, weil Sie weder mein Deutsch, noch mein Jiddisch verstehen und Ihr Judenspanisch für mich klingt, wie eine der vielen Sprachen Babylons."

Schweigend betraten die beiden die Synagoge.

---

1   Großrabbiner im Osmanischen Reich

In der hintersten Sitzbank nahmen sie nebeneinander Platz. Noch immer wechselten sie kein weiteres Wort miteinander. Dr. Markus, der Oberrabbiner der kleinen aschkenasischen Gemeinde Stambuls seufzte leise. Sein sefardisches Pendant blickte nach vorn zum Thoraschrein aus Ebenholz. Eine geschlagene Minute später antwortete er. Ebenfalls mit einem Seufzen.

„Können wir es ihnen denn verdenken? Die Meinen leben in Balat, drüben in Skutari[1] und in Ortaköi. Die Ihren allesamt hier um den Turm. Vielleicht gehören Sefardim und Aschkenasim einfach nicht zusammen. Wir heiraten nicht untereinander, besuchen uns nicht im Gottesdienst. Ja, wir handeln nicht einmal miteinander. Vielleicht ist es Gottes Wille, dass wir getrennte Wege gehen, sei es auch, wenn wir in ein und derselben Stadt unsere Häuser und Tempel errichtet haben."

„Ist dies nicht überall so, wo wir aufeinandertreffen, mein verehrter Chachambaschi? Ist es nicht in Kairo, Paris und Wien dasselbe? Wir heiraten nicht untereinander, wir handeln nicht, wir kennen uns nicht?"

„In Paris studierte ich. Von Ägypten hörte ich. Sagt, ist es selbst in Wien so?"

„Es ist so. In Wien habt Ihr den Türkischen Tempel. Wir haben hier in Stambul den österreichischen Tempel, in dem wir beide gerade sitzen. Als Ihr nach Wien kamt, habt Ihr nicht in unseren Tempeln gebetet und wir taten dasselbe nicht in Euren, als wir an den Bosporus kamen."

---

1   Alte Bezeichnung von Üsküdar auf der asiatischen Seite des Bosporus

Der Großrabbiner blickte an seinem Glaubens-bruder vorbei zur Seitenwand der Synagoge. Zwei übereinander gelegene Galerien für die Frauen der Gemeinde gab es dort. Brüstung und Wände im selben abgedunkelten Weiß. Wände, Galerien und Sitzbänke wirkten schlicht und bescheiden. Selbst die spärlich verteilten Fenster waren nicht mehr als kleine kreisrunde Luken, deren Glas ein einfacher David-stern zierte. An vier Stellen, an denen Rundbögen die Kuppel hielten, waren Kronleuchter befestigt, die bald bis auf den Boden reichten. Einzig der Thoraschrein, war eine Augenweide.

Nicht nur, dass sich das dunkle Holz vom Rest der Synagoge in starkem Kontrast absetzte, es war auch mit spielerischen Elementen versehen. Angedeutete Torbögen und Zinnen erinnerten an ein Festungstor, Lampen und Leuchter unterstrichen sanft, was hart geschnitztes Holz an majestätischem Glanz aufbaute. Der Blick des Großrabbiners verfing sich unweiger-lich an jenem zentralen und so bedeutsamen Ort im Gotteshaus, dass er fast kein Auge mehr für die andere Schönheit der Synagoge hatte.

Wie durch Zufall erst, hob er seinen Kopf und blickte hinauf zur Kuppel. Hier kam zum Schwarz und Weiß des Bethauses ein leuchtendes Blau hinzu. Durch eine ornamentreiche Linie von den Seiten-wänden getrennt, schlug das himmlische Zelt seine Bahnen über den sonst im Gottesdienst versammelten Juden auf. Reihe für Reihe ordneten sich kleine weiße, zur Mitte hin kräftiger werdende, fünfzackige Sterne an. Der Chachambaschi zählte zehn Reihen, die um den, nun endlich sechszackigen, Davidstern in der Kuppelmitte versammelt waren.

„Hier betet es sich sicherlich gut", sagte er mehr zu sich selbst, als zu seinem Begleiter.

„Hier lebt es sich ja auch nicht so schlecht", antwortete dieser in Gedanken an die zunehmend bedrohlichen Nachrichten aus seiner alten Heimat.

„Wie unter einem Weinstock und einem Feigenbaum", zitierte der Chachambaschi einen längst verstorbenen, doch unter allen Juden im Osmanischen Reich wohlbekannten, Rabbiner.

„Zumindest", ergänzte Dr. Markus, „wenn man unter sich bleibt."

*

Draußen, neben der Synagoge, steckten sich die beiden alten Brüder eine nächste Pfeife an und grüßten freundlich jeden, der da seines Weges kam.

GAUNEREIEN IM BAD

Die Luft um ihn herum wurde mit einem Mal deutlich feuchter. Armin Ali schloss die Tür zum Hammam in Üsküdar hinter sich und ging vorsichtig ein paar Schritte den zwielichtigen Gang hinunter.

Schon nach wenigen Schritten kam ihm ein Türke entgegen, der ihm bedeutete, seine verdreckten Schuhe auszuziehen. Armin gehorchte und gab dem Hammamdschi[1] seine vom Staub der Reise bedeckten Schuhe. Als Ersatz erhielt er Sandalen aus Holz, die mit zwei Stelzen versehen waren.

Armin trat nun vollends in den Raum ein. In der Mitte befand sich ein vierstufiger Brunnen aus Marmor, dessen Wasser gemächlich plätscherte. Die gegenüberliegende Wand und jene hinter ihm waren mit Holz verkleidet. In kurzen Abständen waren Türen in die beiden Wände eingelassen, die zu kleinen Räumen von nicht einmal dreimal zwei Schritten führten. Durch die Glasfenster in den Türen konnte Armin auch einen kleinen Spiegel in jedem der Räume erkennen. Zu seiner linken führte eine Treppe empor, die zu beiden Seiten in eine Galerie mündete. Oben fanden sich noch weitere Räume derselben Bauart. Das Tschinili Hammami war eine Empfehlung seines türkischen Geschäftspartners gewesen.

---

1   Bademeister im Dampfbad

„Wenn du nach Stambul kommst, so mache vorher Halt in diesem Dampfbad", hatte der Mann gesagt. „Es ist das Beste und du zahlst nur fünf Piaster für den Eintritt."

Das Bad wurde einst von einer Sultanin erbaut und sorgte nun schon über dreihundert Jahre für Sauberkeit und Wohlbefinden unter den Bewohnern in der Umgebung.

Der Hammamdschi hatte Armins Schuhe in einem Schrank verstaut und kam auf ihn zu.

„Verzeih mir Bruder", sagte Armin langsam auf Türkisch, „ich spreche deine Sprache leider nur ein wenig."

Mehr gestikulierend als sprechend gab der Meister des türkischen Bades dem Reisenden aus dem fernen Persien zu verstehen, dass er in einen der Räume zu gehen habe, um sich dort seiner Kleider zu entledigen. Armin ging dem nach und betrat kurze Zeit später den Zwischenraum, der die beiden Haupträume des Bades miteinander verband. Schon hier stiegen Temperatur und Luftfeuchtigkeit stark an. Doch erst, als er auch die zweite Türe zum eigentlichen Dampfbad durchschritt, wurde dem Perser das Atmen schwer.

Innerhalb von wenigen Wimpernschlägen perlte das Wasser nur so von seiner Haut. Armin wusste nicht, ob es sich dabei um kondensierenden Dampf handelte oder um seinen eigenen Schweiß. Wahrscheinlich war es eine Mischung aus beidem.

Langsam, um auf dem feuchten Marmorboden nicht auszurutschen, durchquerte er den Raum. Dumpf hallten die Geräusche der anderen Besucher durch den dichten Nebel. Armin setzte sich auf einen kleinen

Vorsprung aus Marmor in der hinteren linken Ecke des Raums. Sorgsam darauf bedacht, seine Beine nicht zu weit zu öffnen, denn bekleidet war er lediglich mit einem dünnen Peschtemal[1] um die Hüften. Einige Male atmete er tief ein, bis er sich an die veränderte Luft gewöhnt hatte. Doch Armin fühlte sich wohl und genoss die Wirkung des türkischen Bades auf seinen Körper.

Der Raum, in dem er sich nun befand, hatte in etwa die gleiche Größe, wie die Eingangshalle. Sämtliche Einrichtung bestand aus weißem Marmor mit bläulichen Einschlüssen. Auch die Bodenplatten waren aus Marmor. Nun zeigte sich die Sinnhaftigkeit der Stelzensandalen, denn vom Boden ging eine derartige Hitze aus, dass es unmöglich gewesen wäre, barfuß darauf zu laufen. Die Ecken und Seiten beherbergten offene Kabinen, in denen sich kleine Wasserbassins befanden. Je ein goldener Wasserhahn für kaltes und warmes Wasser ragten aus den Wänden über den Becken.

Mit kleinen Schalen schöpften zwei Männer auf der gegenüberliegenden Seite des Raums beständig Wasser, um es dann über ihre Köpfe zu gießen. Armin setzte sich ebenfalls in eine der offenen Kabinen und begann, den immer noch in Strömen fließenden Schweiß mit lauwarmem Wasser von seinem Körper zu spülen. Dabei hatte er den Blick frei auf die Mitte, in der eine Art kniehohes Marmorpodest, von vielleicht vier mal vier Schritten, das Zentrum bildete. Das Kuppeldach über Armin war, im Gegensatz zu den Wänden, nicht mit Marmor verkleidet, sondern

---

1   Hammamtuch aus Halbseiden oder Baumwolle

weiß getüncht. Oben waren kleine Löcher eingelassen, aus denen der Dampf entweichen konnte. Von Zeit zu Zeit tropfte auch von dort kondensiertes Wasser hinunter.

Armin hatte fast alles im Bad eingehend betrachtet, als ein gewaltiger Hüne den Raum betrat. Der Koloss stapfte auf den Marmortisch in der Mitte zu und legte sich dort auf ein bereitgelegtes Leinentuch. Ein Telektschi[1] folgte dem Dicken und begann ihn mit einem fingerlosen Handschuh zu striegeln. Der Dicke verzog dabei das Gesicht in einer Mischung aus Schmerz und Wonne.

Von Zeit zu Zeit klatschte der Telektschi mit derart brutaler Gewalt auf das Fett des Gefolterten, dass man fast an eine Kanonenkugel glauben mochte, die von einem Kriegsschiff ins Wasser plumpste. So arbeitete sich der eher schmächtig geratene Meister an dem Berg aus Fleisch und Fett zu seinen Füßen ab. Dabei striegelte er mit dem rauen Handschuh nicht nur das Fell und die Haut des Dicken, sondern brachte auch sämtliche Gelenke und Knochen zum Knacken, sobald er sie zu greifen bekam. Auch jeder Muskel des Dicken wurde bearbeitet.

Als der Telektschi halb auf dem Dicken kniete, um mit seinen Daumen das Rückgrat entlang zu fahren, stieß dieser ein lang gezogenes Grunzen aus. Ganz so, wie es Schweine bei der Fütterung von sich geben. Nach einigen Minuten war die Prozedur beendet und der Dicke erhob sich, um an einem der Wasserbecken seinen Besuch im Bad abzuschließen. Es schien den

---

1   Masseur im Hammam

Fleischberg dabei nicht im Geringsten zu stören, dass sein verrutschtes Hammamtuch über längere Zeit den Blick auf sein Gemächt freigab. Man war ja unter Männern.

„Kesse[1]?", fragte der Meister nun Armin, als er zu ihm hinüber gekommen war. „Ewwet[2]", lautete seine Antwort. Es folgte dieselbe Prozedur nun auf der Haut des Persers. Jede überflüssige Hautschuppe des Kaufmanns wurde gründlich entfernt. Armin kannte diese Behandlung auch aus seiner Heimat, doch der schmächtige Türke hatte eine ganz eigene Art des Zupackens.

Anders als beim Koloss ging es nach der Abreibung noch weiter. An einem der Marmorbecken füllte der Telektschi eine Schüssel mit heißem Wasser. In einer zweiten Schüssel befand sich eine große Menge Seifenschaum, welchen der Meister nun in einen Kissenbezug füllte. Damit drosch er so lange auf Armin ein, bis dieser unter einem Berg aus weiß schimmernden Schaumbläschen begraben lag. Sanft reinigten Seife und die nun erstaunlich zarten Hände des Türken jede seiner Hautporen. Zum Abschluss spülte das bereitgestellte heiße Wasser sämtlichen Schaum von ihm, in dem es über Haupt und Brust gegossen wurde.

Armin Ali fühlte sich wie neugeboren und schwankte ein wenig, als er sich durch den dichten Nebel des Bades in Richtung Ausgang kämpfte. Völlige Ruhe und Zufriedenheit stellten sich in ihm ein, die auch

---

1 Spezielle Form des Peelings
2 Türk. "Ja"

dann noch anhielten, als er wieder in seine Kleider geschlüpft war. Noch ganz benommen wandte er sich in Richtung Ausgang.

Beim Hammamdschi tauschte Armin die Stelzensandalen wieder gegen seine Schuhe ein. Er drückte dem Mann fünf abgezählte Piaster in die Hand und wollte sich gerade umdrehen, als dieser ihm an der Schulter festhielt.

„Bu ne?[1]", fragte der Türke und streckte seine Hand mit den fünf Piastern darin aus.

„Senin Paran[2]", antwortete Armin verdutzt.

„Das reicht nicht. Es kostet zwölf Piaster, Effendim", kam es von drüben.

Verwirrt blickte sich Armin um und tatsächlich konnte er ein kleines Schild mit der Aufschrift 'Girrisch[3] 12 Piaster' hinter dem Hocker des Hammamdschi sehen. Das Schild musste ihm zuvor entgangen sein. Armin hatte sich auf die Preisangabe seines Geschäftsfreunds verlassen und war nun über den deutlich höheren Preis verwundert.

Eine Diskussion schien aussichtslos, schließlich stand das benötigte Geld für den Besuch des Bads ganz genau auf dem Schild festgehalten. Armin kramte in seinem Geldbeutel und legte sieben weitere Piaster in die noch immer ausgestreckte Hand des Türken.

*

---

1   Türk. "Was ist das?"
2   Türk. "Dein Geld"
3   Türk. "Eintritt"

Tags darauf befand sich Armin in Stambul. Hier, ganz in der Nähe des Großen Basars, traf er sich mit seinem Geschäftsfreund Mehmed Hamid Bey. Die beiden gingen gemeinsam in ein nahe gelegenes Lokanta. Diese kleinen Restaurants waren besonders zur Mittagszeit beliebt, denn die vielseitige türkische Küche wurde in den Lokantas in einzelne Portionen aufgeteilt, welche sich die Gäste am Eingang von einem Koch geben lassen konnten. Vor der Tür hingen große Tafeln, auf denen die Preise der einzelnen Gerichte angeschlagen waren. Das kleine Lokal, zu dem Armin von Mehmed Hamid gebracht wurde, warb mit einem besonderen Angebot.

Ganz gleich, welche drei Gerichte ein Gast verspeisen wollte, der Preis würde sich auf siebeneinhalb Piaster belaufen. Armin, dessen Frühstück an diesem Tage etwas kleiner als gewöhnlich ausgefallen war, freute sich darüber sehr. Er orderte beim Koch hinter der Ladentheke eine Portion Bohnen sowie einen Teller Reis und eine Schüssel Linsensuppe. Aus einem Kupferbottich schöpfte er noch eine Tasse Ayran. Dieses salzige Joghurtgetränk kannte Armin unter anderem Namen auch aus seiner Heimat.

In der Mitte des kleinen Lokals saß ein schwer auf den ersten Blick zu erkennender Mann hinter einer kleinen Truhe. Vom Gesicht des Mannes war kaum etwas zu sehen. Es war überwuchert von dichtem schwarzen Bart. Der dunkelrote Fes des Mannes war um einige Nummern zu groß, sodass er gerade noch von den buschigen Augenbrauen gehalten wurde.

Für einen Moment stellte sich Armin vor, das Gestrüpp im Gesicht des Mannes würde wie von

Zauberhand abfallen und darunter ein gepflegtes Antlitz zum Vorschein kommen. Doch in seinem Tagtraum bestanden weiterhin die Gesetze der Physik, sodass der viel zu große Fes, der nun nicht mehr durch die starken Brauen gehalten wurde, bis zum Halse des Mannes hinunter rutschte.

In der hölzernen Truhe hingegen vermutete Armin die Kasse des Lokals. Er schritt mit seinem Tablett auf den Mann zu und wollte ihm das nötige Geld aushändigen. Doch die Verständigung gestaltete sich aufgrund der schon bekannten Sprachdifferenzen zunächst schwierig.

Als der Bartmann begriff, dass sein Gegenüber des Türkischen nicht so richtig mächtig war, vereinfachte er seine Worte. „Vier Teile, zehn Piaster", grunzte es aus dem Bart. Noch ehe Armin das Geld aus seinem Beutel gefischt hatte, stand sein türkischer Geschäftsfreund neben ihm. Er wollte nicht so recht glauben, dass der Ayran seines Freundes zum selben Preis verkauft werden sollte, wie eine der reichhaltigen Speisen.

„Bruder, ich sehe hier nur drei Speisen und einen Becher Ayran. Bist du dir sicher, dass es zusammen zehn Piaster macht?", erkundigte sich Mehmed Hamid Bey freundlich.

„Vier Teile, zehn Piaster", grunzte es erneut aus dem Bart.

Der Kaufmann schob sich vor Armin und nahm dessen mit Ayran gefüllten Becher vom Tablett.

„Ich möchte lediglich diese Tasse Ayran haben. Wie viel Geld bekommst du?", fragte er nun bestimmender. Zwei vorher nicht sichtbare Äuglein schimmerten unter den dichten Augenbrauen des Struppigen auf. Einen Moment lang schwieg der Bartmann, bevor er antwortete:

„Einen halben Piaster, Effendim."

Mehmed Hamid warf ihm eine Münze zu und stellte sich wieder hinter Armin. Nun erhielt der Perser sein Mahl für die versprochenen siebeneinhalb Piaster und beide setzten sich an einen freien Tisch draußen auf der Straße im Trubel des geschäftigen Stambuls.

Die beiden Männer aßen und tauschten sich über private und geschäftliche Erlebnisse der vergangenen Monate aus. Es war der übliche Plausch, bevor man später, bei einer Tasse Kaffee und einer Nargileh[1], zum eigentlichen Geschäft übergehen würde.

„Ach", begann Armin nach einer kurzen Pause eine neue Erzählung. „Gestern besuchte ich das Hammam, welches du mir empfohlen hattest. Es scheint jedoch, die wirtschaftliche Lage im Land des Padischahs verschlechtere sich. Anstatt der fünf Piaster, die du mir nanntest, verlangte man gleich zwölf von mir."

Mehmed Hamid Bey hob verwundert die Augenbrauen. „Das kann nicht sein! Erst vor drei Tagen ging ich selbst noch hin und es wurden lediglich fünf Münzen verlangt. Auch mein Bruder, der mit mir kam, zahlte lediglich fünf. Wir haben nie einen anderen Preis bezahlt."

„Aber es stand sogar auf einem Schild geschrieben, mein lieber Mehmed Bey."

---

1 Türk. "Wasserpfeife"

„Dennoch glaube ich es nicht. Sag, Armin mein Freund, in welcher Sprache hattest du dich mit dem Hammamdschi verständigt?"

„Es war zunächst Türkisch."

„Zunächst? So erkannte er später einen Fremden in dir?"

„So mag es gewesen sein", bestätigte Armin mit gesengtem Blick, da er sich seiner mangelnden Sprachkenntnisse schämte.

„Dieser Halunke!", entfuhr es dem türkischen Händler. „Wer als Gast in unser Land kommt, muss auch als Gast behandelt werden."

Armin senkte nachdenklich den Kopf.

„Recht hast du", antwortete er schließlich, „doch ist es bei uns nicht anders."

DER RÄTSELNDE VALENTINO

„Sucht Ihr jemanden, Effendim?", sagte eine Stimme in gebrochenem Englisch.

Valentino rührte sich nicht.

„Hey, Sie! Ich fragte, ob Sie jemanden suchen."

Erschrocken drehte sich Valentino zu dem Mann um, der ihn jetzt an der Schulter packte. Der zuvor noch träumende Valentino benötigte einige Momente, ehe er begriff, was der Mann von ihm wollte.

„Nein, nein", gab er schließlich von sich, „es ist alles in Ordnung."

„So?", fragte der Fremde nun mit hochgezogenen Brauen. „Warum starrt Ihr dann durch dieses Fenster? Wo Ihr doch niemanden zu suchen vorgebt."

Valentino begriff, dass weitere Ausflüchte keine Chance hatten. Er war durchschaut. Doch verübeln konnte er es dem Mann nicht, denn Valentino stand nunmehr den fünften Tag in Folge vor jenem Café in der *Grande rue de Péra*, in dem er sich bei einer Tasse Kaffee verliebt hatte.

Liebe. Nichts anderes konnte es sein, was ihn seit jenem Tag auf Schritt und Tritt durch Stambul verfolgte, ihn zu jeder Tages und Nachtzeit an diesem Café vorbeikommen ließ. Doch so einsam Valentino sich auch fühlte – denn, die schöne Kellnerin hatte er kein zweites Mal getroffen – Liebe war nicht das einzige Empfinden in seiner Brust. Da war auch diese innere Unruhe, die ihn zur Suche antrieb. Da war auch dieses Glück für je einen Bruchteil einer Sekunde, welches ihn immer überkam, wenn er sein Mädchen zu erkennen glaubte. Da war auch diese Enttäuschung, die sich stets im nächsten Bruchteil derselben Sekunde auf sein Herz legte und schleichend von seinem gesamten Körper Besitz ergriff. Doch was wusste dieser Mann schon von Valentinos Gefühlen?

„Ich habe hier unlängst eine Kellnerin gesehen...", erklärte Valentino dem Fremden nun, ohne zu wissen, warum er dies tat. So unerwartet, wie dieser zuvor aufgetaucht war, machte er nun auf dem Absatz kehrt und betrat, ohne ein weiteres Wort an Valentino zu richten, das Café. Der Italiener wusste diese Geste nicht zu deuten und wollte gerade mit den Achseln zucken, da kam der sonderbare Fremde auch schon wieder heraus. Er drückte Valentino wortlos einen kleinen Zettel in die Hand und war abermals verschwunden.

„19:00 Eyüb", lautete die kurze Notiz in fast unleserlichen lateinischen Buchstaben. Valentino trat den Weg zurück in seine Unterkunft an. Er rätselte, was es mit dieser Nachricht wohl auf sich haben könnte. Vermutlich war es ein Treffpunkt, doch die Ortsangabe, sofern es sich denn um eine solche handelte, sagte ihm nichts. Auch verstand der Italiener nicht, wer und warum ihn jemand auf diese Weise zu einem abendlichen Rendezvous bestellte. Mochte er es sich noch so sehr von ganzem Herzen wünschen, die Nachricht würde wohl kaum von seiner Kellnerin stammen. Warum sollte sie gerade ihm eine derartige Nachricht zukommen lassen? Warum war sie seit einer Woche nicht mehr im Café erschienen? Wusste sie überhaupt, wer er war, oder hatte sie ihn, einen Gast unter Vielen längst vergessen?

Zweifel kamen in ihm auf, die sich auch nicht legten, als er an der Rezeption des Hotels erfuhr, was es mit dem Wort Eyüb auf sich hatte. Ein Stambuler Vorort am tiefer gelegenen Abschnitt des Goldenen Horns. Der Rezeptionist vermutete, dass mit dem Treffpunkt ein alter Friedhof gemeint sein müsse, der sich auf einem Hügel erstreckte. Denn, so sagte es der gemütliche ältere Bey, von der Kuppe eben jenes Hügels hätte man einen fantastischen Ausblick auf das malerische Stambul, mit seinen überall emporschie-ßenden Minarettbauten und den leuchtenden roten Dächern des Häusermeers.

Valentino bedankte sich für die Auskünfte des Alten und schritt den Korridor zu seinem Zimmer entlang. Auf einer hölzernen Kommode lag eine verwaiste Zeitung. Valentino blickte sich prüfend um, bevor er das zusammengefaltete Papier einsteckte.

Wenige Schritte später befand er sich in seinen Räumlichkeiten und ließ sich grübelnd auf dem in einer Ecke des Raums befindlichen Ohrensessel nieder. Bis zum Abend war noch viel Zeit, die es abzuwarten galt. Dass er sich auf den Weg zu diesem Friedhof machen würde, stand für Valentino außer Frage. Er musste herausfinden, was es mit dieser Nachricht auf sich hatte. Vielleicht würde sich ja herausstellen, dass es sich um eine Verwechslung handelte, die Nachricht gar nicht für ihn bestimmt.

Da es auch für das Abendessen noch zu früh war, griff Valentino zur erbeuteten Zeitung, nur, um ernüchtert festzustellen, dass es sich schon wieder nicht um ein italienischsprachiges Exemplar handelte. *„Kein Feind mehr auf Gallipoli!"* Seit einer Woche hatte er kein heimisches Blatt mehr auftreiben können. *„Der Zusammenbruch des Dardanellenunternehmens. Rußlands letztes Kriegsziel aufgegeben."* Doch immerhin, dieses Exemplar stammte aus Wien und Deutsch verstand er zumindest einigermaßen.

*

„Im Konstantinopel herrscht Jubel. Die letzten Reste der Engländer und Franzosen, die sich noch an der Südspitze der Halbinsel bei Seddil Bahr verschanzt hatten, sind nach erbittertem Kampfe von dort vertrieben worden und haben auf ihren Schiffen die Flucht ergriffen. Kein Engländer und Franzose steht mehr auf dem Boden von Gallipoli aber viele tausende liegen und modern dort in fremder Erde als die Opfer und Blutzeugen einer ratlosen menschenvergeudenden Eroberungspolitik, die um alle unsere Fronten herumjagt, um irgendwo einen Erfolg zu erzielen, mit dem sie sich vor der Rache der betrogenen eigenen Völker schützen könnte."

*

Valentino legte die Gazette neben sich auf die Anrichte, nahm von selbiger seine Pfeife sowie den Tabakbeutel und begann zu stopfen. Merkwürdig, dachte er, den Jubel Stambuls hatte er in den vergangenen Tagen gar nicht mitbekommen. Doch das Datum stimmte, es war eine aktuelle Zeitung. Die

Pfeife entzündet, paffte Valentino einige Male bläulichen Dunst, der sich gemütlich um ihn und den Sessel legte. Ein wenig zur Ruhe kommend, fuhr er mit der Lektüre fort.

*

„Das Dardanellenunternehmen des Dreiverbandes – Italien hat schlau und vorsichtig die Finger davon gelassen – ist schmählich zusammengebrochen. Im März vorigen Jahres hat Rußland es durchgesetzt, daß die Engländer und Franzosen den verzweifelten Versuch unternahmen, die Dardanellen und Konstantinopel für den Verbündeten zu erobern, der dieses Kriegsziel durch Sasonow feierlich ankündigen ließ, aber nach den ungeheuren Verlusten in den Karpathen keinen Mann mehr dransetzen konnte, selbst an der Eroberung teilzunehmen. Die Türken haben von allem Anfang an trotz Mangel an Geschützen entsprechenden Kalibers und genügender Munitionsvorräte gleichsam nur mit dem Messer alle Angriffe abgewehrt und den Angreifern ungeheure Verluste beigebracht. In jedem Monat wurden dem englischen Parlament die entscheidenden Siege an den Dardanellen als unmittelbar bevorstehend angekündigt und von Monat zu Monat auch das dringende Bedürfnis Rußlands, die Dardanellen zur Abfuhr seines verkauften und von England belehnten Getreides und zur Einfuhr von Munition und Waffen zur Verfügung zu halten. Deshalb rafften sich die Franzosen und Engländer im August zu dem Überfalle auf die Suvla–Bai auf, von dem sie sich den

erlösenden Erfolg versprachen. Aber den Türken gelang es, sie bei Anafarta zu schlagen und auch hier ihr Vorrücken unmöglich zu machen. Aus dem Berichte des Generals Hamilton hat man nun erfahren, wie ungeheuer die Verluste der Engländer an dieser Stelle des Dardanellenunternehmens war."

*

Es war doch in jeder Ausgabe dasselbe. Die Zeitungen überschlugen sich mit Kriegsmeldungen von allen Fronten. Hier wurde ein Sieg gefeiert, dort eine Niederlage beschönigt. Auf der einen Seite wurde sich über den Feind belustigt, auf der anderen Stolz, Stärke und Tapferkeit der eigenen Truppen hervorgehoben. Tod und Verwundung des Einzelnen hatten hier keinen Platz, nur die militärische Großwetterlage war von Bedeutung.

Zwar freute sich Valentino für seine Landsmänner, dass ihnen zumindest das Desaster an den Dardanellen erspart geblieben war, dennoch scherte er sich einen feuchten Kehricht um die Kriegsspiele der europäischen Nationen. So schien es auch den meisten anderen Menschen zu gehen, denn, wohin er auch seinen Blick an den Ufern des Bosporus schweifen ließ, allerorten ging ein jeder seinem eigenen Werke nach.

Das sollte fürs Erste reichen. Valentino erhob sich, legte die halb verglommene Pfeife beiseite und machte sich auf den Weg, etwas Anständiges zum Essen zu bekommen. Er wollte an diesem Abend zeitig speisen, da er nicht sicher sein konnte, wie lange der Weg nach Eyüb dauern würde. Immerhin, für den Abend hatte er sich das Automobil des Hotels mieten können, sodass die Strecke entlang des Goldenen Horns wohl zügig vonstattengehen würde. Doch man konnte ja nie wissen...

*

Es war kurz vor halb sieben, als Valentino den Weg zwischen den weißen Marmorgräbern des Hügels erklomm. Noch trafen einige Lichtstrahlen auf den gepflasterten Weg vor ihm. Den Wagen hatte er unten an den Wassern des Goldenen Horns abgestellt.

Vorbei an beschrifteten Steinsäulen, schmucklosen und halb verwilderten Gräbern und zahlreichen alten Bäumen, die überall dort wuchsen, wo sich eine Lücke zwischen all dem Marmor fand. Manche der Säulen wurden von einem Turban geziert. Wahrscheinlich wiesen sie auf den religiösen Ruhm des Toten hin. Doch Valentino konnte sich im Moment ohnehin nicht auf seine Umgebung konzentrieren.

Schnellen Schrittes trieb es ihn bergauf, in der Rechten die zu einer Rolle gewickelte Wiener Zeitung. Ob sie wohl oben auf ihn warten würde, fragte er sich, seitdem er das Hotel verlassen hatte.

War es nicht eigentlich töricht von ihm, anzunehmen, dass der Zettel wirklich von ihr, wirklich für ihn war? Sie hatten kaum zwei Sätze miteinander gewechselt, fraglich, ob das schöne Mädchen überhaupt Notiz von ihm genommen hatte. Valentino stoppte.

Jetzt kam ihm diese Vorstellung reichlich dumm vor. Der Italiener überlegte, ob er nicht einfach wieder kehrtmachen sollte, um den Abend anderweitig zu verbringen. Doch es war immer noch etwas in ihm. Eine unbestimmte Macht tief in seinem Herzen regte sich, als die Zweifel überhandnahmen. Sie gaben ihm neuen Mut und neue Hoffnung. Valentino setze sich wieder in Bewegung, die letzten Meter hinauf zur Hügelkuppe.

Der alte Mann hatte nicht zu viel versprochen, die Aussicht auf der fast baumlosen Hügelkuppe war jeden Meter des zu erklimmenden Friedhofs wert gewesen. Die letzten Sonnenstrahlen auskostend, betrachtete Valentino die kleinen Inseln im Goldenen Horn, warf einen Blick hinüber zum Meer und ließ diesen dann über die östlich gelegenen Häuserdächer zu seinen Füßen schweifen.

Hier und da wurden einzelne Fenster durch den schwachen Schein einer Lampe beleuchtet. Auf Freiflächen konnte er offene Feuer erkennen, die sich jedoch nicht in die Gassen trauten. Zu gefährlich, wurde das hölzerne Stambul doch regelmäßig ein Opfer der gefräßigen Flammen.

So saßen auch im Schein der untergehenden Sonne noch viele Bewohner der Stadt am Ufer, um sich von den Strapazen ihres harten Tages zu erholen.

Doch auf dem Hügel selbst war er allein. Keine Kellnerin und auch sonst niemand, der ihn hierhin bestellt haben könnte. Valentino entschloss sich, die verbleibenden Sonnenstrahlen zu nutzen, um den bereits begonnenen Zeitungsartikel zu beenden. Er tat dies im feuchten Gras unter einem der wenigen jungen Bäumchen, die hier oben, wacker dem Meereswind trotzend, Wurzeln geschlagen hatten.

*

„Französisches und englisches Blut ist in Strömen auf Gallipoli geflossen, aber diese beiden Völker haben die Niederlage gleichsam nur in Vertretung Rußlands erlitten, dem sie das Eisen aus dem Feuer reißen wollten, damit es sich nicht etwa einfallen lasse, zur Besinnung zu kommen und einzusehen, daß seine Kriegsziele bereits durchaus unerreichbar geworden sind. Die Eroberung Galiziens, für die Nikolajewitsch bereits seinen Ehrensäbel erhalten hatte, den er inzwischen der Mutter Gottes von Kasan zum Geschenk machte, ist vollständig misslungen und auch die jetzigen verzweifelten Angriffe in Ostgalizien mit ihren deutlichen politischen Nebenabsichten brechen Tag für Tag zusammen. Der Schutz Serbiens, das nicht mehr ist, hat allen Sinn verloren, und der Rückzug der Bundesgenossen von Gallipoli zerstört für Rußland auch die letzte Hoffnung auf die Eroberung Konstantinopels. Mag man in London, in Paris und in Petersburg die Flucht der letzten Reste auf die Schiffe auch neuerlich als das geniale Meisterstück eines Rückzuges feiern, es wird auch dort und ganz besonders in Rußland schon sehr schwer fallen, der öffentlichen Meinung klar zu machen, daß sich ein endgültiger Triumph aus lauter Niederlagen und mehr oder weniger unglücklichen Rückzügen zusammensetzen läßt."

*

Ach sollen diese Österreicher, diese Deutschen und diese Türken den verdammten Krieg doch gewinnen. Was würde sich schon ändern? Es wäre doch wieder nur eine Verschiebung der Grenzen, wie sie alle paar Jahre einmal durch einen Überfall vorgenommen wird. Hauptsache, die Völker könnten sich wieder mit anderen Dingen beschäftigen. Dem Reisen zum Beispiel, so wie es schließlich auch Valentino bevorzugte.

Er blickte auf. Kam da jemand? Die Dämmerung hatte mittlerweile vollends eingesetzt und im Zwielicht konnte er eine Person langsam auf ihn zukommen sehen. Tatsächlich. Es war die Kellnerin, die nun gerade einmal zehn Meter von ihm entfernt stand. Sie hatte ihn noch nicht bemerkt.

Valentinos Herz machte einen Aussetzer. Oder war es doch nur wieder eine Täuschung? Nein, dieses Mal war sie es. Er war sich ganz sicher. Sie trug denselben grünen Schleier, der auch hätte Hut sein können. Er konnte sogar noch die widerspenstige Haarlocke erkennen, die sich in Richtung des zarten Mundes reckte.

Endlich!

Endlich hatte er sie wieder gefunden. Nach einer Woche des ziellosen Umherstreifens durch Stambul. Nach einer Woche Ungewissheit, ob er sie überhaupt je wieder sehen würde. Valentino erhob sich, doch seine Knie zitterten, sodass er beinahe wieder zu Boden gesackt wäre. Ein Griff an einen Ast neben sich und er hatte sich wieder gefangen. Jetzt hatte ihn das junge Mädchen bemerkt.

Sie kam auf ihn zu.

„Salam. Beni mi beckliorsun?[1]"

Valentino verstand nicht. Doch das Mädchen verstand ihn, als sie sein fragendes Gesicht sah, und begann zu lachen. Sie nahm Valentino bei der Hand.

„Gell![2]", zwinkerte sie ihm zu und führte ihn ein Stück des Weges zurück, den sie gekommen war.

Der Italiener wusste nicht, wie im geschah. Alles in ihm war in Wallung. Erst das Glück, sie endlich gefunden zu haben, dann ihr bezauberndes Lachen. Und jetzt hatte sie ihn auch noch unversehens an die Hand genommen. Sie hatte unglaublich weiche Hände. Nicht, dass er das nicht schon bei ihrem ersten

---

1   Türk. „Hallo. Wartest du auf mich?"
2   Türk. „Komm!"

Anblick vermutet hätte, doch jetzt, da er sie endlich fühlen konnte, war es um ihn geschehen.

Die Welt um Valentino war wie ausgeblendet, er sah nur noch das hübsche Gesicht der jungen Kellnerin, die einen halben Schritt vor ihm den Hügel hinunter lief. Bekleidet war sie mit einem langen Umhang, der ihren Körper fast vollständig bedeckte.

War das etwa Rosenwasser, welches ihm von Zeit zu Zeit in die Nase stieg? Es musste Rosenwasser sein! Es duftete himmlisch.

Wo sie ihn wohl hinführen würde, überlegte Valentino, sicher nicht zu ihr nach Hause. Das wäre für ein erstes Rendezvous reichlich unangebracht. Vielleicht zu einem der Feuer, die er unten am Goldenen Horn gesehen hatte. Sie könnten dort den Abend verbringen und sich unterhalten, näher kennenlernen.

Doch halt! Es durchfuhr ihn wie ein Blitz, wie sollte er sich mit ihr unterhalten, wenn sie doch in verschiedenen Zungen sprachen?

Dafür würde sich schon eine Lösung finden, beruhigte sich Valentino und konzentrierte sich wieder auf die feinen Konturen ihres Profils.

*

Nach einigen Minuten erreichten sie einen hölzernen Verschlag, der im Schatten einer Baumgruppe und zwischen einigen weniger dicht gedrängten Gräbern gelegen war. Das Mädchen steuerte direkt darauf zu, den Italiener noch immer im Schlepptau. Für eine Lokalität reichlich klein, schmunzelte Valentino.

Tatsächlich öffnete die Kellnerin die aus groben Holzlatten gezimmerte Türe und verschwand im Inneren. Neugierig folgte er ihr.

Drinnen war nicht viel zu erkennen. Durch kleine Löcher in Dach und Wänden wurde der vielleicht dreimal vier Schritt große Raum schwach beleuchtet. Es roch modrig. Eine Pritsche stand an der hinteren Wand, sowie ein kleiner Ofen direkt daneben. Ein abgelaufener kleiner Teppich bedeckte höchstens ein Drittel des feuchten, festgestampften Erdbodens. Einen Tisch gab es nicht. Nur einen Stuhl, dem eines der Beine fehlte. Kein Spiegel an der Wand, kein Regal und auch kein Schrank. Von alltäglichen Gegenständen, wie Schüsseln oder Tellern, war ebenfalls nichts vorhanden.

Es konnte unmöglich die dauerhafte Unterkunft von jemandem sein, rätselte Valentino. Vielleicht diente es an anderen Tagen den Arbeitern des Friedhofs für eine Verschnaufpause.

Sobald der Italiener vollends in den Verschlag eingetreten war, schloss das Mädchen hinter ihm die Tür. Sie umrundete den ratlosen Italiener und strich ihm dabei sanft mit der Hand über Schulter und Nacken.

Das Mädchen lachte wieder. Dieses Mal verschmitzt und gefolgt von einem anzüglichen Augenaufschlag in Richtung des Italieners.

Der noch immer ratlose Valentino erwiderte nichts, er stand einfach nur da. Das Mädchen legte Umhang und grünen Schleierhut auf den wackligen Stuhl und setzte sich ihm gegenüber auf die Pritsche.

„Sadedsche islemeck mi istersin?[1]", lächelte sie ihn an.

Mit ihrer linken Hand winkte sie den Italiener etwas näher zu sich, der kein Wort verstanden hatte.

Was hatte das zu bedeuten? Sollte er auf dem Stuhl Platz nehmen? Aber da lagen doch jetzt Umhang und Schleier. Oder meinte sie etwa, er solle sich neben sie auf die Pritsche setzen? Es war eine recht ungewöhnliche Situation, in der sich Valentino nun befand.

Da der Italiener sich noch immer nicht bewegte, lachte das Mädchen erneut. Von Valentino war offenkundig in der nächsten Zeit keine weitere Reaktion zu erwarten, was wiederum das Mädchen dazu veranlasste, sich die weiße Bluse aufzuknöpfen, bis ihre Brüste zum Vorschein kamen.

Jetzt erst dämmerte Valentino, was hier gespielt wurde. Der Fremde, der Zettel, der Verschlag. Es konnte gar nicht anders sein.

Alles in Valentino erschauderte. Sein Magen verkrampfte sich, als die Enttäuschung wieder von ihm Besitz ergriff. All die Hoffnung, all die Liebe. Zerstört in nur einem Augenblick des Bewusstwerdens.

Er machte auf dem Absatz kehrt und stürmte hinaus in die Nacht. Der Himmel hatte sich vollständig in Schwarz gekleidet, nur ein Halbmond brach zwischen den Wolken hervor und wies Valentino den Weg durch die Gräber zum Fuß des Hügels.

Den gepflasterten Weg hatte der Italiener nicht gefunden, also sprang er von Grab zu Grab, lief hier ein paar Schritte zwischen Marmorsäulen und

---

1 Türk. „Möchtest du nur zuschauen?"

umrundete dort einen kahlen Baumstumpf. Alles im Eilschritt. Valentino wollte einfach nur weg von hier.

Diese Schmach! Was hatte er sich in dieser Woche am Bosporus nicht alles zusammenfantasiert, wie erfüllt waren seine Träume gewesen, wenn er doch nur das Mädchen wiederfinden würde.

Er erreichte den abgestellten Wagen, ließ den Motor an und befuhr die lange Straße am Ufer des Goldenen Horns.

Wie Valentino den Weg zurück zu seinem Hotel finden würde, wusste er nicht. Es zählte auch nicht. Er wusste in diesem Moment nicht einmal, ob er selbst am Steuer des Automobils saß. Blickwinkel Beifahrersitz. Er hatte die Welt um sich herum wieder ausgeblendet, sogar vergessen, die Scheinwerfer zu entzünden. Womöglich war dies bei dem Mond, der mittlerweile vollends durch die Wolken gebrochen war, auch gar nicht nötig. Die Pupillen noch immer vor Schreck geweitet, leuchtete das Nachtgestirn für den Italiener heller als der Tag.

Die Straße war frei, weiß und kalt. Es gab für ihn kein Halten mehr. Er raste durch Stambul, in dem Versuch, seine Gefühle im Rausch der Geschwindigkeit zu ertränken. Jede Faser seines Körpers war aufs Zerreißen gespannt. Nichts, aber auch gar nichts, lenkte seinen Blick von der Fahrbahn.

Weit vor ihm war alles schwarz. Keine Feuer am Ufer, keine Öllämpchen erhellten die Häuser. Er versuchte diese Finsternis zu erreichen, sich von ihr verschlucken zu lassen. Er fuhr den Wagen schneller und schneller. Doch so sehr er sich auch anstrengte, der Mond war vor ihm dort. Was er auch unternahm, das kalte Licht durchdrang alles.

Unaufhaltsam, wie das Licht des Mondes, durchfuhr ihn auch der Schmerz. Er spielte mit den gespannten Fasern seines Körpers, wie ein Wahnsinniger auf einer türkischen Laute. Valentinos Körper zitterte. Er bebte, während er das Lenkrad unter seinen Händen fast zerbrach. Eine Mauer, ein alter Baum. Nie war die Verlockung süßer, nie der Wunsch näher. Ein Blick in den Rückspiegel.

Valentino stockte und begriff.

Es war nur eine Kellnerin.

DIE MILCH DES LÖWEN

„Der Mensch", hatte ihre Großmutter immer gesagt, „ist ein höchst seltsames Wesen. Er reicht dir die Hand zur Freundschaft und doch, vergiftet er deinen Verstand mit Lügen. Er schmeichelt deiner Seele mit schönen Worten und doch, zerreißt er dein Herz. Er nennt dich liebevoll Schwester oder Bruder und doch, trachtet er nach deinem Leben."

Sotiria hatte damals nicht verstanden, was ihre Großmutter damit meinte. Sie war noch ein kleines Mädchen gewesen. Für sie hatte es nur ihre kleine Welt auf der Insel Chalki gegeben. An schönen Sommertagen hatte sie in den lichten Wäldern gespielt oder war ein paar Schritte in die seichte Brandung des Marmara Meers gestiegen. Mit dem Wind um den Ohren und einem stets reichlich gedeckten Tisch hatte sie eine schöne Kindheit verbracht.

Jetzt, so viele Jahre später, ging sie noch immer in die lichten Wälder und an den Strand hinter ihrem Haus. Doch die Welt um ihre kleine Insel herum hatte sich verändert. Sotiria bekam davon nur gelegentlich etwas mit, wenn Besucher das Wochenende auf Chalki verbrachten. Wenn ihr Vater abends am Esstisch die neusten Nachrichten aus der Zeitung vorlas oder ihr Onkel berichtete, was sich in Stambul zugetragen hatte. Von den vielen Versehrten und Vertriebenen war dann die Rede. Vom Elend des zurückliegenden Krieges, welcher die Schwächsten aus den ehemaligen Provinzen des Reichs in die Stadt zog, nur, damit sich diese in Stambul mit Müh und Not über Wasser halten konnten.

Sotiria war fast noch nie in der großen Stadt gewesen. Ihr Leben war hier. Hier hatte sie ihre Geschwister und Freunde. Auch ihre Kirche und ihre Schule waren hier und der Markt, auf dem sie jede Woche die Einkäufe erledigte. Hier hatte sie Elmas und Indschi[1], die beiden zutraulichen Katzen, mit denen sie jeden Abend vor dem Haus spielte.

Ja, Sotiria spielte noch immer, obwohl sie schon zu einer jungen Frau herangewachsen war. Ihre Mutter schüttelte häufig den Kopf darüber, doch insgeheim freute sie sich über das unbeschwerte Leben ihres Kindes. Denn es hatte zur Folge gehabt, dass Sotiria einen ungeheuren Wissensdrang und eine schier unermessliche Neugier entwickelt hatte. Sie war regelmäßig in der Bibliothek des Klosters anzutreffen, welches oben auf dem Hügel neben ihrem Elternhaus stand. Besonders die Philosophie, mit ihren alten Großmeistern, hatte es ihr angetan.

Auch an jenem Tag saß Sotiria nach dem Studium auf einer kleinen Lichtung etwas unterhalb des Klosters. Von hieraus hatte sie einen guten Blick auf das Meer und die dahinterliegende Landzunge, welche im Westen an den Bosporus stieß. An besonders schönen Tagen – und dieser Tag war ein solcher – konnte sie in der Ferne sogar die Mauern des Top Kapu Serai in Stambul erkennen. Ihre beiden Katzen waren ihr auf

---

1   Türk. „Diamant und Perle"

Schritt und Tritt bis zu diesem Platz gefolgt und ließen sich nun ausgiebig das Fell streicheln.

Das gedämpfte, jedoch gut hörbare und gleichmäßige Schnurren hatte eine angenehme Wirkung auf Sotiria. In Gedanken versunken, bemerkte sie die Gruppe der Männer zunächst nicht, die sich nur wenige Schritte unterhalb ihrer Lagerstelle einfanden.

Die junge Frau dachte wieder einmal an ihre Großmutter. Genauer gesagt: an die zahlreichen Weisheiten, welche sie vor ihrem Tod in jeder nur erdenklichen Lebenslage von sich gegeben hatte.

„Der Mensch", flüsterte Sotiria leise vor sich hin, „ist ein höchst seltsames Wesen."

Indschi und Elmas mauzten, denn für einen Moment hatte die Griechin aufgehört, ihren beiden Katzen über das Fell zu fahren.

„Er reicht dir die Hand zur Freundschaft..."

Sotiria konnte den Satz nicht beenden, denn ein junger Hund kam aus dem angrenzenden Gebüsch getapst und steuerte direkt auf sie zu. In die beiden Katzen war indes der Schreck gefahren. Sie sträubten das Fell und stießen ein scharfes Fauchen aus. Den Hund interessierte das nicht. Mit der Rute wedelnd kam er auf die drei zugelaufen, um sich neben der jungen Frau niederzulegen und ebenfalls gestreichelt zu werden. Als Elmas und Indschi einsahen, dass von dem Hund keine ernsthafte Gefahr ausging, schmiegten auch sie sich wieder an Sotiria.

„Drei Hände müsste man haben", lachte diese.

Die Männer hatten es sich unterdessen ebenfalls gemütlich gemacht. Sie hatten ein Feuer entzündet und waren gerade damit beschäftigt, Fische auszunehmen und auf Stöcken über den Flammen zu garen.

Sotiria hing, mit ihren Händen abwechselnd auf Hund und Katzen, ihren Gedanken nach. Die Tiere gab es nicht nur auf ihrer Insel. Auch in Stambul waren sie in jeder Gasse und in jedem Hof zahlreich anzutreffen. Während man dort aber den Katzen gerne vom eigen Tisch zu fressen gab, hatten die Hunde es ungleich schwerer.

Sotiria erinnerte sich noch genau an das Winseln und Heulen, welches eines Tages von der kleinen Insel Xsia an ihre Ohren drang. Ihre Eltern wollten ihr damals nicht sagen, welches der Grund für dieses Getöse war. Erst später hatte sie erfahren, dass Tausende Hunde dort ausgesetzt und ohne Nahrung und Wasser ihrem bitterlichen Schicksal überlassen worden waren.

„Der Mensch", flüsterte Sotiria erneut, „ist ein höchst seltsames Wesen."

In ihrer Kirche und auch den Moscheen Stambuls wurde stets die Achtung vor Gottes Schöpfung gepredigt. Wie konnte der Mensch da auf die Idee kommen, den grausamen Hungertod für Tausende Hunde zu wollen. Waren diese etwa keine Geschöpfe Gottes?

Damals – auch daran konnte sie sich noch erinnern – hatte erst ein Erdbeben, welches als Zeichen Gottes gewertet worden war, die Menschen umgestimmt.

Sotiria blickte zu den Männern vor sich. Sie betrachtete diese kleine Gruppe Menschen und dachte über die Worte ihrer Großmutter nach. Waren sie Freunde oder Geschwister?

Obwohl die Fische noch nicht zum Verzehr bereit waren, tranken die Männer vom weißlich trüben Raki. Ihre Umgebung völlig vergessend und die Zungen vom Alkohol gelöst, konnte Sotiria einige der lautstark geführten Gespräche mitanhören.

*

„Der Pascha ist zurück in Stambul", sagte einer der Männer am Feuer.

„Er wird wohl nicht lange bleiben", erwiderte ein anderer.

Ein dritter fügte an:

„Ich war noch vor vier Tagen bei ihm. Es brennt ihm unter den Nägeln. Er sieht die Zeit zum Handeln gekommen."

„Was will er denn schon handeln? Sind uns nicht allen die Hände gebunden?", warf ein vierter Mann in die Runde.

„Das sieht der Pascha aber ganz anders. Er hat große Pläne. Glaubt mir, ich weiß das!", sagte der Zweite.

„Diese Pläne – wir kennen sie doch alle – sind absolut unrealistisch. Das Sultanat abschaffen; die Religion vom Staate trennen; Frauen und Männer gleichstellen; das lateinische Alphabet einführen. Wie soll das gehen? Ja ich weiß: Wir treffen uns beim Pascha, wir diskutieren über diese Angelegenheiten, doch in der Regierung oder beim Sultan – da wo es entschieden wird – sitzt niemand von uns."

Nun antwortete der Dritte auf den Zweifler:

„Das ist dem Pascha wohl bewusst. Doch Eines, da kannst du dir sicher sein, das wird er schaffen. Was das ist, fragst du? Ich will es dir sagen! Er wird die Männer in Anatolien sammeln und die Besatzer aus dem Land jagen. Warte es nur ab, die Vorbereitungen werden zur Stunde sicherlich schon angestoßen."

„Und dann?", fragte der Zweifler, der nicht von diesem Vorhaben überzeugt war.

„Dann? Dann werden wir eine eigene Nation ausrufen", zeigte sich der Zweite zuversichtlich.

„Das wird nicht gelingen. Der Sultan hat die Engländer hinter... oder viel mehr: über sich. Stambul ist besetzt."

„Eine neue Hauptstadt wird sich schon finden lassen. Wir müssen nur darum kämpfen!", schloss der letzte Redner und nahm einen tiefen Schluck von seiner Löwenmilch.

*

„Der Mensch, „flüsterte Sotiria ein drittes Mal, „ist ein höchst seltsames Wesen."

Noch immer streichelte sie die drei Tiere. Noch immer dachte die über die Worte ihrer Großmutter nach.

„Er reicht dir die Hand zur Freundschaft und doch, vergiftet er deinen Verstand mit Lügen. Er schmeichelt deiner Seele mit schönen Worten und doch, zerreißt er dein Herz. Er nennt dich liebevoll Schwester oder Bruder und doch, trachtet er nach deinem Leben."

Nachdem Sotiria die Worte zur Gänze wiederholt hatte, fügte sie ihre eigenen Überlegungen an:

„Er wünscht dir und allen Geschöpfen auf Erden nur das Beste und doch, lässt er dich in Wehrlosigkeit sterben. Er will mit dir in friedliebender Nachbarschaft leben und doch, rüstet er zum Krieg."

Sotiria dachte über ihre eigenen Worte nach. Sie betrachtete ihre Katzen und kraulte dem Hund das linke Ohr. Sie sah sich selbst, wie sie dasaß, die Tiere streichelte, die frische Meeresluft atmete und ihre kleine Welt auf der Insel genoss.

„Vielleicht", sagte sie dann, „sollte es besser heißen: Der Mann ist ein höchst seltsames Wesen."

PREDIGT GEGEN
DAS UNAUSWEICHLICHE

„Salam aaleikum, Hodscham[1]", begrüßte einer der beiden Reiter den Mann am Wegesrand.

„Aaleikum a'salam", antwortete der weißbärtige Mann, der sich mit dem Rücken an das kleine Mäuerchen gelehnt hatte, welches die gedrungene Galip Pascha Moschee umgab.

„Könnt Ihr uns sagen, wie wir von hier nach Stambul gelangen?", wollte der Reiter wissen.

„Das kommt darauf an", erwiderte der Alte.

„Worauf, Hodscham?"

„Wer ihr seid."

„Wir sind Reisende aus weiter Ferne."

„Wo ihr herkommt."

„Wir kommen von Bagdad, wo der Tigris fließt."

„Was ihr im Schilde führt."

„Sagte ich nicht bereits", antwortete der Reiter nun mit einem gereizten Ton in der Stimme, „dass wir einfache Reisende sind? Wir führen nichts im Schilde." Dabei musterte er den Alten von oben bis unten.

Der Imam jedoch, dem der abschätzige Blick auf seinen Turban freilich nicht entgangen war, fuhr unbeirrt fort:

„Wo ihr hinwollt."

---

1   Türk. „mein Lehrer / Meister"

„Alter Mann, halte uns nicht zum Narren!" Der Reiter hatte seine Stimme nun erhoben und ließ sein Pferd bedrohlich tänzeln. „So sagt uns wenigstens, auf welchem Weg wir uns befinden!"

„Ihr seid auf der Straße nach Bagdad", antwortete der alte Mann gelassen.

„Aber daher kommen wir doch, Hodscham", warf der zweite Reiter in gemäßigtem Ton ein.

„Seit wann kümmert es die Straße, woher diejenigen kommen, die auf ihr spazieren?", lächelte der Alte zurück.

Die beiden Reiter warfen sich unverständliche Worte zu und gaben ihren Tieren die Sporen.

In diesen Tagen musste man Acht geben. Nicht jeder war nunmehr ein Freund. Es brodelte im Reich und an allen Ecken misstrauten die Menschen einander. Da war es Rahmi, dem Imam der kleinen Moschee, nur recht, wenn die beiden weiter ihres Weges zogen. Bei Leuten, die einmal quer durch Anatolien geritten kamen, wusste man schließlich nie.

Selbst hier in seiner kleinen Gemeinde, weit vor den Toren der Hauptstadt, hatten in den letzten Tagen und Wochen viele Männer ihre Häuser und Familien verlassen.

Auf nach Anatolien, sagten sie. Als ob sie nicht schon immer in Anatolien gewesen wären.

Auf zum Pascha, sagten sie. Als ob es nicht einem Verrat am Padischah-Kalifen gleich käme, dem abtrünnigen Helden von Gallipoli die Treue zu schwören.

Rahmi hatte dafür kein Verständnis. Doch wer gehen wollte, der ließ sich nicht aufhalten. Gedankenverloren spazierte der Imam ein paar Schritte auf der langen Straße vor seiner Moschee. Da bemerkte er eine kleine Anzahl Papiere, die auf der Straße lagen. Waren sie den Reitern aus den Satteltaschen gefallen, als sie im Galopp davonpreschten?

Rahmi bückte sich nach einem der Zettel und überflog die Zeilen.

Der Imam fasste sich an seinen langen weißen Bart. Eine Nationalversammlung wollten diese Verräter in Ankara einberufen. Gegen die Regierung in Stambul. Gegen den Padischah-Kalifen. Diese Nationalisten entwickelten sich zu einer echten Gefahr für den Sultan.

„Möge Allah, sie auf den rechten Weg zurückführen", sagte Rahmi auf der leeren Straße und war sich nun sicher, dass die beiden Reiter nicht aus Bagdad gekommen waren.

Was hatte er nicht alles für Gerüchte gehört. Der Teufel höchst persönlich solle die Nationalisten beraten haben. Daran glaubte Rahmi zwar nicht, aber dass es die Männer um Mustafa Kemal nicht so ernst mit seiner Religion nahmen, davon war der Imam überzeugt. Das hatte das Ränkespiel im Serai nun oft genug unter Beweis gestellt. Es würde Rahmi auch nicht wundern, wenn die Nationalisten eines Tages das Sultanat abschaffen würden.

„Wer weiß", sagte er wieder laut, „vielleicht versuchen sie sogar, das Kalifat aufzulösen."
Rahmi musste lachen. „Nein, das würden sie nicht wagen."

Der Imam Rahmi, dessen Turban sogar noch ein bisschen weißer war als sein langer Bart, kehrte zurück in den Garten seiner kleinen Moschee. Langsamen Fußes, und stets auf seinen Gehstock gestützt, öffnete er das kleine Eisentor, ging hindurch und schloss es wieder. Es war noch Zeit bis zum freitäglichen Mittagsgebet. Dennoch ging Rahmi ins Innere der Moschee, um sich die Worte für seine Predigt zurechtzulegen.

Verglich man die kleine Galip Pascha Moschee, hier am Rand der Dschaddebostan, mit den Moscheen Stambuls, dann bestand der Hauptunterschied nicht einmal so sehr in der Größe. Es war vielmehr die Farbgebung. Während drüben, in der alten Stadt, die Moscheen oft in hellen Blautönen gehalten war, so befand sich Rahmi nun in einem dunkleren, rötlichen Gotteshaus. Licht drang nur spärlich durch die kleinen Fenster. Dafür war das Ambiente der Moschee wesentlich gemütlicher. Fast schon wohnlich. Der ausgelegte Teppich, so erzählten es die Mitglieder der Gemeinde, war hier weicher als andernorts. Die Gebetsnische in der Wand nach Südosten erinnerte den flüchtigen Betrachter eher an den Kamin eines stattlichen Wohnhauses.

Rahmi konnte in diesem Moment die Ruhe und Gemütlichkeit seiner Moschee nicht genießen. Zu sehr kreisten seine Gedanken um die Geschehnisse im Land. Um die Männer – seine Männer – die sich dem Widerstand anschlossen. Um die untätige Regierung, die dem Verfall des Reichs nur zusah. Um die fremden Mächte, die an allen Ecken ihre Zähne und Klauen ins Land stießen und im selben Moment dem Herrscher im Palast das Gift der Teilnahmslosigkeit in kleinen Dosen reichten.

Hatte er da nicht etwas mit den Nationalisten gemein? Kämpften nicht auch sie gegen den Feind von außen?

„Unsinn", verwarf Rahmi den Gedanken sofort, „Der Feind meines Feindes ist manchmal auch mein Feind." Doch was tun? Wie konnte er, der einfache Imam einer kleinen Moschee, sich für die richtige Sache ins Feld werfen? Das ging, mit Allahs Hilfe, nur auf einem Weg. Er musste den heiligen Koran und die Worte des Propheten nutzen. Er musste seine Gemeinde an Gottes Schöpfung erinnern. Er musste sie mahnen, dass die gottgegebene Ordnung einen Padischah-Kalifen vorsah, als Beschützer der gesamten islamischen Welt. Wer dem Sultan nicht loyal ergeben war, da war sich Rahmi sicher, der handelte gegen den Willen Allahs.

Der Imam musste erneut an die beiden Reiter denken. An den abschätzigen Blick, der auf seinem Turban haftete. Waren die Nationalisten bereits so mächtig, dass sie in Zukunft die Geschicke des Reichs in ihre Hände nehmen würden?

Wenn es dem Padischah-Kalif nicht gelingen würde, den Nationalisten Einhalt zu gebieten, dann würde man die braven Leute des Reiches eines Tages zwingen, westliche Hüte anstelle von Fes und Turban auf ihre Köpfe zu setzen.

„A'udhuu billahi minassch schaitanir radschim[1]", flüsterte er und wurde dennoch nicht erhört.

---

1   Arab. „Gott bewahre uns vor dem Unheil des Teufels."

BERBER ÖMER

Er stellte den kleinen Kanister neben sich auf den unregelmäßig gepflasterten Weg. Vorsichtig lugte er um eine Hausecke und blickte zur gegenüberliegenden Straßenseite. Dort stand das Yali[1], auf das er es abgesehen hatte. Ein prächtiges kleines Haus mit einem schier endlos langen Garten und eigenem Anleger zum Wasser hin. Wahrscheinlich trank der Kerl gerade in diesem Augenblick vom indischen Tee, den er für sein Verbrechen als Belohnung erhalten hatte. Ömer, den man aufgrund seiner eigentlichen Tätigkeit allerorten nur als Berber[2] Ömer kannte, war dem Mann bei Tageslicht zu seinem Haus gefolgt. Jetzt, da die Dämmerung bereits eingesetzt hatte, war er mit dem Petroleum zurückgekehrt.

Er musste es einfach machen, der Verräter hatte es nicht anders verdient. Ömer schaute sich das Yali mit seinem flachen Dach und den kunstvollen Verzierungen genau an. Es war fast vollständig aus Holz errichtet und würde vorzüglich brennen.

Schade eigentlich, dachte der von den Ereignissen der letzten Tage gezeichnete Mann neben dem Kanister, wie gern würde er doch selbst in einem solchen Haus leben. Doch dafür hatte er weder das nötige Geld noch waren es gerade die passenden Zeiten. Es gab Wichtigeres zu erledigen, als seine

---

1   Osmanisches Wohnhaus der Oberschicht, meist am Bosporusufer
     gelegen
2   Türk. „Barbier"

kostbaren Stunden mit einem schönen Leben am Bosporusufer zu verbringen.

Berber Ömer dachte an die Männer in Anatolien, die alles aufgegeben hatten, um sich dem Widerstand und der Befreiung der Nation anzuschließen. Bald, so sagte er es sich immer wieder, würde auch er gehen, um sich Mustafa Kemal Pascha und den tapferen Bauern, Handwerkern und Soldaten anzuschließen, welche die Besatzer aus Anatolien in diesem Augenblick vertrieben. Zunächst hatte er jedoch eine andere Angelegenheit zu klären.

*

„Haben sie schon angefangen?", fragte Kerim.

„Ja", antwortete Berber Ömer, der gerade aus Richtung des Sportplatzes oberhalb des Dorfes Beylerbeyköi gekommen war.

„Und die Inglis?", fragte Kerim weiter.

„Sind auch wieder da.

Während die beiden mit einem halben Dutzend weiterer Männer in den Büschen auf die vollständige Dunkelheit warteten, hatten Nazim und Arif ein abendliches Fußballspiel begonnen. Ihre Strategie war so einfach wie erfolgreich. Das wilde Spiel mit dem Leder lockte Schaulustige an, die entweder mit von der Partie waren oder einfach nur dem Treiben auf dem großen Platz beiwohnten. Hier gab es auch ausreichende Beleuchtung, um auch bei Dunkelheit den Ball in die Tore zu schießen. Doch Nazim und Arif hatten nicht etwa ein sportliches Ereignis im Sinn. Es ging ihnen viel mehr darum, die britischen

Soldaten anzulocken, welche am Dorfrand in einem Teil des dortigen Palasts einquartiert waren. An vier Abenden war diese Taktik bereits aufgegangen. Sobald die Kunde des Fußballspiels in der Unterkunft neben dem Waffenlager eingegangen war, machten sich die Soldaten auf den Weg zum Fußballfeld.

„Es ist wie vorgestern", lachte Kerim, „die Inglis lernen einfach nicht dazu."

„Sei doch froh, Mensch!", brummte einer der anderen Männer, „mit den beiden Wachen am Tor haben wir leichtes Spiel."

„Aber nur, weil es Inder sind."

„Was ist mit den Indern?", fragte ein Dritter aus der Gruppe, der an diesem Tage zum ersten Mal dabei war.

„Was soll schon mit denen sein?", gab Kerim zurück, „das sind Sunniten, genauso wie wir. Du wirst schon sehen."

Berber Ömer ermahnte die anderen mit einem scharfen Zischen, leise zu sein. Wenn sie jetzt entdeckt würden, dann könnten sie sich den geplanten Raub gleich wieder aus dem Kopf schlagen.

*

Vier Mal war es gut gegangen. Vier Mal hatten sie schon in das Waffenlager der Briten, welches im Schatten des Palasts des Großherrn, dem Beylerbey Serai[1], gelegen war, eindringen können. Vier Mal, in denen jeweils mehrere Kisten mit Waffen und Munition in ihren Besitz übergegangen waren. Eine

---

1 Türk. wörtl. „Palast des Herrn der Herren"

gerechte Sache war das, dachte Berber Ömer, denn diese Waffen sollten das Land befreien, welches durch die Unfähigkeit des Sultans geknebelt und gefesselt am Boden lag.

Wie konnte dieser Schurke dort drüben im Yali mit den Besatzern gemeinsame Sache machen? Wie konnte ein guter Türke mit dem Feind paktieren? Berber Ömer verstand es nicht. Gut, dachte er, wenn der jetzt ein Grieche wäre, so wie der alte Mann, den sie aus seinem Haus in Üsküdar vertrieben hatten, um es als Umschlagplatz für die erbeuteten Waffen zu nutzen, dann hätte er das verstehen können. Die Griechen hier am Bosporus und in Westanatolien waren allesamt auf der Seite des Feindes. Manchmal, wenn Berber Ömer nach Stambul ging, sah er sie auf den Straßen jubeln. Dann feierten sie, klatschten und tanzten zwischen den Häusern und auf den Plätzen. Sie schwenkten Fahnen und tranken Schnaps. Sie schrien laut, in der Hoffnung, die griechischen Armeen mögen herbeieilen. So sehr wünschten sie sich, mit ihrem Konstantinopel ein Teil Großgriechenlands sein zu dürfen.

Doch es war seine Stadt. Stambul war doch türkisch! Und was machte der Sultan, der Großherrscher des einst so stolzen Osmanischen Reiches? Er versteckte sich in seinem Palast und war zum Büttel der Briten und Franzosen geworden. Ein Bittsteller bei den Besatzern. Er war zum Feind seines eigenen Volkes geworden. Zum Verräter an den Türken. Da brauchte es einen Helden, der die Sache selbst in die Hand nahm. Da brauchte es den General Mustafa Kemal. Er würde die Revolution in Anatolien zum Erfolg führen, da war sich Berber Ömer sicher. Wenn nur genügend Männer zu den Waffen griffen. Wenn nur genügend Waffen da wären, zu denen die Männer greifen könnten.

*

Die Nacht war nun vollständig hereingebrochen. Nur zwei Fackeln, an der rechten und linken Ecke des Gebäudes – also genau dort, wo die Wachposten standen – spendeten etwas Licht auf die davor liegende Straße und das gegenüberliegende Feld. In etwa fünfzig Schritt gerader Entfernung hockten die acht Männer noch immer in den Büschen. Dunkle Hosen und Hemden waren eine gute Tarnung in der Dunkelheit. Die hellen Stricke aus Sisal waren noch in den weiten Taschen verstaut. Später würden die Männer sich damit ein oder zwei Kisten auf die Rücken schnallen.

Aus ihrem Versteck heraus beobachteten sie die beiden Torposten, an denen es ein Vorbeikommen geben musste. Bei ihrem ersten Raubzug waren es noch Australier gewesen, die sie erst überwältigt und dann verschnürt hatten. Um zu vermeiden, dass die Wachen von ihren Flinten Gebrauch machen konnten, hatten sie den geeignetsten Moment zum leisen Sturm abgewartet.

Denn diese Soldaten hatten ein eigenartiges Ritual, welches sie immer und immer wieder durchführten. Einen erkennbaren Nutzen schien die Sache nicht zu haben, viel mehr diente sie wohl dazu, sich die Beine etwas zu vertreten.

Von Zeit zu Zeit marschierten die beiden Wachen an der Wand entlang zur gegenüberliegenden Ecke des Gebäudes. In dem Moment, da sie aneinander vorbei waren, entstand ein unbewachtes Sichtfeld, in welches Berber Ömer und Kerim nur zu gern hineinstießen. Noch bevor sich die Wachen umdrehten, spürten sie schon die Klingen an ihren Hälsen.

Bei den darauffolgenden Unternehmungen handelte es sich jedoch stets um Inder, denen man nach dem Anschleichen nur ein Messer zeigen musste und schon öffneten sie gefügig das Tor zum Inneren des Depots. Zwar sprachen sie kein Wort Türkisch, doch Berber Ömer nahm an, dass sie als Muslime ihrer Sache näher standen, als jener der Briten.

*

Mittlerweile war es dunkel genug. Weit und breit war kein Mensch auf den Straßen zu sehen. Worauf wartete er noch? Es wäre ein Leichtes, hinüber zum Yali zu schleichen, dort an ein paar Stellen Petroleum zu vergießen – geregnet hatte es in der letzten Zeit kaum – und das Haus in Brand zu stecken. Doch war es auch gerecht? Vielleicht hatte Berber Ömer den Mann verwechselt, würde nun das Haus eines Unschuldigen in Brand stecken. War es gerecht, wenn die Besatzer den Mann vielleicht zum Verrat gepresst hatten?

*

Berber Ömer ergriff die dreizehnte Kiste. Revolvermunition war darin. Es sollte die letzte Kiste an diesem Abend sein. Kerim war mit den anderen Männern schon auf dem Weg zu einem verlassenen Gehöft, doch er selbst hatte sich noch etwas im Depot umgesehen. Vielleicht lag dort etwas Brauchbares, das er sich hätte einstecken können. Mit der schweren Holzkiste vor der Brust – die Schnüre hatten nicht für alle von ihnen ausgereicht – trat er vor das Tor, um schleunigst den Weg zum nahe gelegenen Hof anzutreten. Dort hatten sie einen Esel mit Karren angebunden, mit dessen Hilfe die Beute nach Üsküdar gebracht werden sollte. In der kommenden Nacht würden Waffen und Munition dann auf einen kleinen Dampfer verbracht, mit dem es an der Schwarzmeerküste entlang nach Anatolien ging. Es war ihre Hauptschmuggelroute, denn der Weg über Land war aufgrund der vielen britischen Patrouillen zu gefährlich. Die stürmische See im Norden bot ihrem Unternehmen daher einen gewissen Schutz vor Entdeckung, trotz der Gefahren.

Berber Ömer hatte hingegen nichts mit der Überfahrt auf See zu schaffen. Seine Mission bestand einzig darin, die Waffen zu erbeuten und auf das Schiff zu bringen. Und das, so schien es ihm in diesem Moment, war ihm und seinen Männern auch ein fünftes Mal geglückt. Er hatte mit der schweren Holzkiste gerade den Lichtschein der Fackeln verlassen und war in die Dunkelheit eingetaucht, da packten ihn starke Arme an den Schultern und drückten ihn rücklings zu Boden. Die Kiste löste sich aus Berber Ömers Griff und sprang auf, als sie das

Pflaster berührte. Hunderte Patronen kullerten auf die Straße.

„Hey, was soll das?", schnauzte Berber Ömer, doch ein Schlag auf den Kopf brachte ihm zum Schweigen.

Als er wenig später, von der Wucht des Schlags noch ganz benommen, aufwachte, fand er sich an einen Stützpfeiler gefesselt im Waffenlager wieder. Im schwachen Schein der Lampen konnte er eine Gruppe britischer Soldaten ausmachen, welche gerade den beiden indischen Wachposten die Fesseln lösten. Berber Ömer verstand ihre Worte nicht, aber es war deutlich zu erkennen, dass die beiden Inder keine Schmeicheleien von ihren britischen Kameraden zugeflüstert bekamen.

Durch das geöffnete Tor konnte er auch einen Türken sehen, der gerade einen kleinen und einen großen Beutel in Empfang nahm. „Para. India Tschai. Take it and leave.[1]" Diese Worte hatte Berber Ömer nicht zuletzt auch anhand der ausweisenden Handbewegung des Offiziers verstanden. Was für ein Dreckskerl, dachte er, man hatte ihn und seine Leute also beobachtet und an die Inglis verraten.

Noch in derselben Nacht brachten die Soldaten Berber Ömer auf eines ihrer im Bosporus ankernden Kriegsschiffe. Dort sperrten sie ihn in die Kammer, in der für gewöhnlich die schweren Ketten des Ankers aufgerollt waren. Ratten liefen umher. Die Hände noch immer auf den Rücken gebunden, setzte er sich in die Mitte des Raums.

---

1   Türk./Engl. „Geld. Indien Tee. Nimm es und geh."

*

„Doch, es ist gerecht", sagte Berber Ömer leise zu
sich selbst und schlich los. Den Kanister in der Linken
ging er langsam an das Haus heran. Seit einer guten
halben Stunde war keine Bewegung in und um das
Yali auszumachen. Ob der Verräter wohl schlief?
Berber Ömer bog links um das Haus und entdeckte
dort einen schwachen Lichtschein hinter zwei
Fenstern. Also doch nicht. Vielleicht war es auch
besser so, denn töten wollte Berber Ömer den Mann
nicht. Er wollte ihm nur nehmen, was man zuvor ihm
selbst genommen hatte. Aber war es überhaupt das
Haus des Verräters oder war dieser hier nur zu
Besuch?

*

Am nächsten Morgen schlugen sie ihn. Es kamen der
Offizier, ein bärtiger Dragoman und zwei grob-
schlächtige Kerle in niederen Rängen. Die beiden
Letzteren setzten Ömer unsanft auf einen kleinen
Hocker und fuhren abwechselnd mit ihren Fäusten
durch sein Gesicht. Nach drei oder vier Schlägen
spritzte Blut gegen die Stahlwand des Schiffes.

„Wer war noch dabei?", übersetzte der Dragoman
die Frage des Offiziers. „Für wen habt ihr die Waffen
gestohlen?"

Berber Ömer antwortete nicht. Er dachte an das
Gesicht jenes Mannes, den er zuvor im schwachen
Licht des Waffenlagers gesehen hatte. Kannte er ihn?

Wieder hagelte es Faustschläge. Blut spritzte umher und lief dem Gefangenen aus Mund und Nase.

„Rede endlich!"

Irgendwo hatte er ihn doch schon einmal gesehen. Berber Ömer gab sich alle Mühe, seine Gedanken auf das Gesicht des Verräters zu fokussieren. Die Schläge wurden härter und begannen, seine Sicht zu vernebeln.

„Wer war noch dabei? Sag uns die Namen und wir lassen dich laufen!"

War der Mann schon einmal für eine Rasur zu ihm gekommen? Unablässig dachte er an das Gesicht jenes Mannes. Erst hatte er befürchtet, es sei zu verschwommen und würde sich bereits auflösen. Dann aber, als er einen besonders heftigen Schlag erhielt, der seine Nase mit einem laut hörbaren Knacken brach, verfestigte sich das Gesicht vor Berber Ömers geistigem Auge. Nur einen Moment später verlor er die Besinnung.

Ein Eimer Wasser übergoss sich über Berber Ömers Kopf.

„Hier geblieben! Wir sind noch nicht mit dir fertig", übersetzte der fleißige Dragoman, damit der geschlagene Barbier auch erfuhr, welchem Grund er seine Dusche zu verdanken hatte.

„Ich werde euch schon nicht weglaufen", prustete Berber Ömer unter einem Schwall von Wasser und Blut, welches bei dem Versuch zu Lachen aus seinem Mund floss.

Langsam kam die Besinnung zurück. Erneute Schläge. Dieses Mal auch in den Magen, denn im Gesicht des

Gefangenen gab es nicht mehr viel, was die Soldaten noch großartig bearbeiten konnten.

„Sie können dir auch die Finger abschneiden. So macht man es doch mit Dieben, oder?"
Nein, Berber Ömer hatte den Mann zuvor noch nicht gesehen. Aber jetzt kannte er sein Gesicht und er würde ihn finden. Das schwor er bei Allah und Mustafa Kemal.

„Wenn du nicht willst, finden wir einen anderen Weg", ließ der Offizier den Dragoman noch übersetzen. Daraufhin verließen die Männer den provisorischen Kerker und kamen erst gegen Mittag zurück.

Ohne ein Wort zu sagen, entleerte einer der Soldaten eine Kiste vor Berber Ömers Füßen. Spiegelscherben, ein zerbrochener Kamm und ein paar zerschlagene Flakons kamen zum Vorschein. Er erkannte sie sofort als sein Eigentum. Es waren Sachen darunter, die er noch von seinem Onkel aus Albanien besaß. Von ihm hatte er sein Handwerk einst erlernt.

„Was habt ihr getan?", brüllte er die Soldaten an.

„Der Herr Leutnant hier hatte angenommen," antwortete der bärtige Dragoman, „dass sich womöglich die Gesuchten bei dir verbergen. Trotz einer – wie du sicherlich bemerkt hast – äußerst gründlichen Durchsuchung deiner Hütte, haben wir sie dort nicht angetroffen." Bei diesen Worten hatte sich ein ausdrucksloses, auf eine kalte Art trockenes Lächeln auf das Gesicht des Übersetzers gelegt. Berber Ömer sagte nichts mehr.

Diese Folter – der Offizier hätte sie Befragung genannt – wiederholte sich in den folgenden Tagen immer um die Mittagzeit. Jedes Mal schütteten die Soldaten eine neue Kiste mit Schutt und Trümmern aus Berber Ömers Laden vor ihm aus. Doch eine Antwort bekamen sie nicht zu hören. Mit stoischer Gelassenheit ertrug der Barbier seine Folter, denn seine Augen sahen nur ein Gesicht. Seine Überlegungen fassten nur einen Plan und seine Gedanken kannten nur ein Wort: Rache! Am fünften Tag schließlich, kam nur der Dragoman in die Zelle.

„Du kannst gehen", sagte er und verließ den Raum.

*

Ob er doch besser gehen sollte? Vielleicht hatte der Mann Frau und Kinder, die nicht schnell genug aus dem Hause und in Sicherheit fliehen könnten. Und überhaupt, es war ein so schönes Yali...

Vorsichtig warf er einen Blick in eines der beleuchteten Fenster. Drinnen saß der Verräter und trank tatsächlich einen Tee. Andere Personen konnte Berber Ömer nicht ausmachen. Nun war er sich sicher, dass es sich um das richtige Haus handelte. Sein Entschluss stand somit fest.

*

Drei Tage lang streifte Berber Ömer durch die Gassen Beylerbeyköis. In seiner zerschlagenen Hütte hatte er nur notdürftig aufgeräumt, um einen Platz zum Schlafen zu haben. Von Kerim hatte er erfahren, dass die anderen zwölf Kisten auf dem Weg zu Mustafa Kemal Paschas Truppen in Anatolien waren. In der nächsten Zeit wolle man jedoch auf weitere Raubzüge verzichten. Zumindest vorübergehend.

Dann, gegen Mittag des vierten Tages, erblickte er den Verräter und folgte ihm bis zu diesem Yali, vor dem er nun stand. Eine letzte Ungewissheit, ein letztes Zweifeln stieg in ihm auf.

Nein, sagte sich Berber Ömer, was getan werden muss, das müsse nun eben einmal getan werden. Einige trockene Hölzer, die er im Garten des Yalis auflas, lehnte er an die linke Holzwand des Hauses. Sie besaß keine Tür und nur wenige Fenster. Er goss etwa die Hälfte des Petroleums darüber, stellte den geöffneten Kanister daneben und warf einen glimmenden Holzspan auf die getränkten Hölzer. Augenblicklich begannen diese zu brennen. Die Flammen schlängelten sich schon an der Holzwand des Yalis empor, als Berber Ömer sich umdrehte und den Weg zum Hafen in Üsküdar einschlug. In dieser Nacht würde es keine Waffenlieferung für Anatolien geben, aber einen weiteren Kämpfer für die Nation.

ARMENHÄUSER FÜR STAMBUL

Die Nischen in der Halle waren ohne Lampen. Nur ein überdimensionaler Kronleuchter hing in der Mitte des mit azurblauem Teppich ausgelegten Raumes. Drei ineinander liegende Ringe aus Eisen hingen drei Meter über dem Boden. Der Durchmesser des äußeren Ringes war so groß, dass die zahlreichen gläsernen Lampen daran den gesamten unteren Teil der Halle ausleuchten konnten. Das siebzig Schritt hohe Steinquadergebäude, schien die eigene Massivität durch seine Fenster aufheben zu wollen. Mauerstücke zwischen den Scheiben wirkten wie ein Säulengang. An den vier Ecken der Halle sprangen die Säulen zu kleinen Wäldern in den Raum hinein. Die Halle strahlte durch Glasscheiben und Ornamente auf den wenigen freien Steinflächen. Goldene Schrift zitierte einen jahrhundertealten Vers. Nurun alai nurin[1]. Auf halber Höhe des Raumes lief sie einmal ringsherum. Schrift und Ornamente bildeten nur einen kleinen Teil des Prunks. Die Macht und Größe, die diese Halle ausstrahlte, waren vom Licht bestimmt. Druckstellen auf dem Teppich bildeten Linien. Parallel zur Kanzel eingedrückte Markierungen, die von keinem Möbel unterbrochen wurden. Dominanz durch Leere.

„Wie traurig", sagte der Junge, als er sich auf die weiße Marmormauer am Eingang zur Moschee setzte

---

1   Arab. „Licht über Licht."

und die Beine baumeln ließ, „da bauen sie so große und so schöne Häuser, doch niemand wohnt darin."

Ein zweiter Junger, dessen Name Agop lautete, erwiderte:

„Aber wir können doch alle darin wohnen. Du, ich, der Imam und jeder, der hierher kommt."

„Ja schon, aber halt nicht so richtig. Wir kommen her, waschen uns, beten und gehen wieder. Würden wir hier jedoch richtig wohnen, so hätten wir auch Betten, würden abends beieinander sitzen, uns Geschichten erzählen und gemeinsam speisen. Das alles aber machen wir nicht. Nur Waschen und Beten. Das ist doch irgendwie schade, oder?"

„Finde ich nicht", entgegnete der andere.

Die beiden schwiegen.

„Komm", sagte der erste Junge, den sie alle nur Kütschük Nasreddin[1] nannten, nach einer Weile, „lass uns noch ein wenig laufen. Wir hatten heute noch kein Glück."

Sie gingen die Wesirhan Straße entlang und bogen dann in Richtung der Blauen Moschee ab. Sich durch den dichten Verkehr der Hauptstraße schlängelnd, hielten sie Ausschau nach Männern, denen sie die Schuhe putzen konnten. Dabei kam es nicht einmal darauf an, ob diese denn auch verschmutzt waren oder nicht.

Eine Tram bimmelte laut, als ein Pferdefuhrwerk nicht ausreichend schnell den Weg frei gab. Straßenhändler, mit ihren frischen Backwaren und verzehrfertigen Muscheln, boten den vorbeieilenden Menschen eine kleine Stärkung feil. Es duftete

---

1 Türk. „Kleiner Nasreddin"

köstlich, doch noch hatten die beiden Jungen keine Einkünfte erzielt, um sie in ein köstliches Mal zu verwandeln.

Der Große Basar war nur einen Steinwurf weit entfernt und auch die übrigen Straßen waren übersät mit kleinen Geschäften. Lastenträger manövrierten ihre Handkarren durch das bunte Treiben oder hatten gleich mehrere gerollte Teppiche und Kisten geschultert. Hier und da pries einer der Händler seine Ware an und lockte die Kundschaft in seine Kupferwerkstatt, seinen Lederwarenladen oder sein Töpferwarengeschäft. Zwischen den Händlern und Werkstätten lagen kleine Restaurants, in denen nicht nur eine Mahlzeit zu sich genommen, sondern auch das ein oder andere Geschäft besprochen wurde. Kütschük Nasreddin deutete auf zwei Männer:

„Der da sieht aus wie ein Perser, oder?"

„Du meinst den mit der lustigen Mütze, der gerade den Rauch seiner Wasserpfeife zu Kringeln geblasen hat?

„Genau der."

„Kann schon sein... Ach... Kringel hätte ich jetzt auch gerne. Aber mit Sesam."

Die beiden lachten und setzten ihren Weg durch Stambuls Straßen fort.

„Du", sagte Agop als sie am Mausoleum eines früheren Padischahs vorbeikamen, „erzähl mir noch eine Geschichte."

„Aber ich habe dir doch heute Morgen schon zwei erzählt", erwiderte Kütschük Nasreddin. „Lass uns erst etwas Geld verdienen. Später fällt mir bestimmt noch eine Geschichte ein."

Agop, der die Geschichten seines Freundes so sehr liebte, willigte ein. Besser später, sagte er sich, als gar nicht. Immerhin war Kütschük Nasreddin sein einziger Freund. Vor ein paar Jahren hatten ihn Nachbarn aus seinem Heimatdorf nach Stambul gebracht. Wo seine Eltern abgeblieben waren, wusste Agop nicht. Seinem Freund ging es ähnlich. Auch er schlug sich ohne Eltern oder andere Verwandte durch den rauen Alltag am Bosporus. Schnell hatten die beiden sich angefreundet und mit dem Geld, welches sie zunächst durch Betteln verdient hatten, eine Bojadschi Sandik[1] gekauft. Diese war zwar schon an ein paar Stellen etwas verbeult, doch Agop hatte sie solange poliert, bis sie ihren vormaligen Goldglanz zurückerhalten hatte. Alles Nötige war darin gewesen. Bürsten, Pinsel und Lappen. Sogar Schuhwichse war noch ausreichend vorhanden. Damit streiften sie tagsüber durch die Straßen und Gassen Stambuls, immer auf der Suche nach zahlungskräftigen Kunden. Am liebsten hatten die beiden Jungen Reisende aus Europa, denn diese gaben gerne auch mal ein paar Münzen mehr.

„Lass es uns dort versuchen", sagte Kütschük Nasreddin und deutete auf den Deutschen Brunnen,

---

1 Türk. „Schuhputzkiste"

einem achteckigen Pavillon, der sich gegenüber der Blauen Moschee, in gerader Linie zu den beiden Obelisken und der gezwirbelten Säule befand. Denn die Jungs wussten genau, wenn Deutsche in der Nähe waren, dann kamen sie fast immer hier her, um sich das Geschenk ihres Kaisers an die Einwohner Stambuls anzuschauen.

Trotz des schönen Wetters blieb ihnen das Pech treu. Kein Reisender weit und breit, dessen Schuhe der besten Pflege des ganzen Osmanischen Reichs bedürft hätten.

„Jetzt kannst du mir doch eine Geschichte erzählen", versuchte Agop erneut sein Glück.

„Aber wir haben doch noch immer nichts verdient und... Schau dort drüben! Das muss ein Fremder sein. Sieh doch, wie er sich in alle Richtungen umschaut."

„Du hast recht", erwiderte Agop, „lass mich das machen."

Der Junge, der genau wie sein Freund einen abgestoßenen, dunkelroten Fes trug, sprang auf und klemmte sich die Schuhputztruhe unter den linken Arm. Langsam, mit gesenktem Blick lief er in Richtung des Fremden. Doch er steuerte nicht direkt auf diesen zu, sondern versuchte, in etwa drei Schritt Entfernung an ihm vorbei zu gehen. Ungefähr auf Höhe des Mannes ließ er wie durch Zufall die schwarz geborstene Holzbürste auf das Pflaster fallen. Der Aufschlag war gut hörbar, doch Agop setzte seinen Weg unbeirrt fort.

Der Fremde, der die am Boden liegende Bürste erblickte, hob diese auf und lief dem Jungen ein paar Schritte hinter her.

„Ehi! Aspetta un attimo![1]", rief er dem Jungen hinterher. Doch dieser drehte sich nicht um. Nach zwei weiteren Schritten hatte der Mann den Jungen eingeholt und klopfte ihm mit der Bürste auf den Kopf.

Da drehte sich Agop grinsend um, griff nach der Bürste und ging in die Hocke.

„Sa'ol[2], Effendim!" Augenblicklich begann der Junge den linken Schuh des verdutzten Fremden zu schrubben.

Nun kam auch Kütschük Nasreddin angelaufen und begann, mit einer trockenen Kleiderbürste über den Mantel des Mannes zu streifen. Dieser wusste gar nicht recht, wie ihm geschah, da hatte Agop den linken Fuß des Mannes schon auf die goldene Truhe gestellt und Wichse aufgetragen.

---

1   Ital. „Hey, warte mal!"
2   Türk. „Danke"

Der Fremde wehrte sich nicht, er lachte nur und ließ die beiden Jungen seine Garderobe richten. Nach wenigen Minuten erstrahlten die Lederschuhe des Italieners in neuem Glanz und Agop hielt dem Mann seine ausgestreckte Hand entgegen.

„Lüttfen![1]"

Der Italiener lachte erneut auf, ließ ein paar Münzen in die Hand des Jungen fallen und machte sich aus dem Staub.

„Mensch! Das hat sich ja Mal gelohnt!", sagte Kütschük Nasreddin, als er das Geld in Agops Hand sah. „Komm, lass uns etwas essen!"

Bei einem Straßenhändler kauften sie sich zwei große Sesamkringel. Sie waren noch ganz warm und weich.

Wieder auf den Stufen des Brunnens sitzend, aßen die beiden ihr Frühstück und schauten hinüber zur Moschee Aya Sofia. Eine Gruppe Turbanträger kam gerade von dort.

„Schau", begann Kütschük Nasreddin erneut sein morgendliches Thema, „hier stehen gleich zwei riesige Häuser. Wie viele Menschen wohl dort wohnen könnten."

„Fängst du schon wieder damit an?", erwiderte Agop.

„Ich mein' ja nur... Stambul ist doch eine so große, so schöne Stadt. Es gibt Paläste und grüne Gärten, in denen die buntesten Blumen duften. Das Meer brandet an allen Seiten und der Fisch ist immer frisch. Von überall her kommen die Menschen, um sich alles

---

1 Türk. „Bitte!"

anzusehen. Drüben in Pera haben sie so viel Geld, dass sie gar nicht wissen, was sie damit anstellen sollen. Es gibt hier alles zu kaufen und so viele Gebäude. Ist es da nicht ungerecht, dass wir – du und ich – nicht einmal ein Dach über dem Kopf haben, wenn wir uns des Nachts ausstrecken?"

Die Turbanträger waren nun bis auf wenige Schritt an die beiden Jungen herangekommen und versammelten sich unter einem Baum.

„Aber es geht uns doch gut", erwiderte Agop auf die Frage seines Freundes. „Sieh mal, wir haben Brot und wärmende Kleidung. Nicht einmal Flicken haben unsere Jacken und die Halsbinde, die du letzte Woche von dem reichen Mann bekommen hast, macht dich doch zu einem echten Dschentelmän."

Weder Agop noch Kütschük Nasreddin wussten, was das Wort bedeutete. Agop hatte es nur im Kopf behalten, nachdem der offenbar aus Russland stammende Wohltäter es zu seinem Freund gesagt hatte, als dieser ihm die Schuhe poliert hatte. Als Lohn gab es einen ganzen Piaster und den seidenen Binder gleich dazu. Es war ein guter Tag, mit Fleisch zum Abendessen.

Kütschük Nasreddin war jedoch unzufrieden mit dem, was sein Freund gesagt hatte. Er dachte kurz daran, ihm noch einmal die Geschichte vom Hodscha und der Entensuppe zu erzählen. Darin ging es um den Hungrigen, der den saftigen Braten schon vor sich sah und ihn trotzdem nicht erreichen konnte. Doch diese Geschichte hatte er schon so oft erzählt.

Während zwei Reiter auf ihren Eseln gemächlich aus Richtung des Hafens – der direkt gegenüber des Bahnhofs Sirkedschi lag – angeritten kamen, lief ein Mann von rechts auf den Platz. Er hatte drei hölzerne Stangen unter den einen Arm geklemmt und hielt einen großen Kasten am Klappgriff in der anderen Hand. Ein paar Schritt vor den beiden Jungen blieb er stehen, schaute sich in alle Himmelsrichtungen um und begann danach seine Ausrüstung aufzustellen. Die Stangen verband er zu einem Dreibein und befestigte anschließend seinen Fotoapparat obenauf. Nach kurzer Zeit blitzte es und der Fotograf hatte das Motiv im Kasten. Einer der Turbanträger, mit einem besonders langen und besonders weißem Bart, blickte erschrocken in die Richtung des Fotografen.

Er schimpfte über den Störenfried und während der Fotograf sich davon nicht beeindruckt zeigte, belustigte das Schauspiel die beiden Freunde.

„Das ist fast so lustig", sagte Agop noch immer lachend zu seinem Freund, „als würdest du eine deiner Geschichten erzählen."

„Ist das deine Art", antwortete dieser zwinkernd, „mich erneut nach dem Hodscha zu fragen?"

„Ich bin ja schon still."

Kütschük Nasreddin lachte auf. „Ist schon gut, ich will dir eine Geschichte erzählen. Doch lass uns vorher noch den Mann mit dem Blitzkasten fragen, ob seine Schuhe nicht etwas zu dreckig für das schöne Stambul sind."

Der Fotograf hatte seine Apparatur gerade etwas verstellt, um noch eine weitere Aufnahme zu machen, da waren die beiden Junge mit ihrem Sandik schon an ihn herangetreten.

„Salam, Effendim", ergriff Kütschük Nasreddin das Wort. „Sehnen sich nicht auch Eure Schuhe nach einer Pflege, wie sie sonst nur dem edlen Schuhwerk eines Paschas zuteilwird?"

Der Fotograf lachte.

„Verzeiht mein junger Herr", antwortete er spöttelnd, „leider hat Allah mich nicht mit dem Auskommen eines Paschas gesegnet, sodass ich meinen Stiefeln diese Gnade heute nicht gönnen kann."

Kütschük Nasreddin, der wahrhaftig nicht auf den Mund gefallen war, antwortete sogleich mit ausgestreckter Hand:

„Heute ist Euer Glückstag, Effendim. Ihr werdet behandelt wie ein Sultan, doch löhnt nur wie ein Kesselflicker. Seid ihr einverstanden? So schlagt ein!"

Der Mann überlegte einen Moment. Dabei fasste er sich mit Daumen und Zeigefinger ans Kinn, ließ seinen Blick in die Ferne schweifen und stieß ein lang gezogenes Brummen durch seine Nasenflügel.

Agop, der schon Bürste und Poliertuch in Händen hielt, versuchte, mit einem überdeutlich aufgesetztem Hundeblick das Herz des Fotografen zu erweichen. Nicht minder übertrieben antwortete der Mann, theatralisch seine Arme ausbreitend:

„Wohl an, Ihr Knaben, ich schlage euch einen Handel vor. Ihr macht mir die Schuhe und ich mache euch eine Fotografie."

Nun war es der Fotograf, der seinerseits den beiden Jungen die Hand zum Geschäft entgegenhielt.

Agop, der noch nie ein solches Bild in Händen gehalten hatte, ließ sein Stofftuch fallen und wollte gerade einschlagen, als Kütschük Nasreddin ihn zurückhielt.

„Dankend für dies tolle Angebot, Effendim, müssen wir dennoch ablehnen, denn eine Fotografie macht uns nicht satt."

Agop blickte verwundert zu seinem Freund. Ein eigenes Foto hätte er wirklich gerne besessen und gegessen hatten sie gerade erst. Kütschük Nasreddin war jedoch ein gewitztes Kerlchen und hatte den Fotografen längst durchschaut. Er wusste, dass sie noch etwas mehr herausholen konnten, darum machte er ein neues Angebot:

„Wenn ich es mir recht bedenke, Effendim, ist eure Kunst eigentlich eine schöne Sache. Doch wie ist es mit folgendem Handel: Ein Bild von uns und eine Münze von euch gegen einen Schuhputz von meinem Freund Agop hier. Doch damit nicht genug, denn während Eure Stiefel wieder glänzend gemacht werden, erzähle ich euch eine Geschichte vom weisesten Mann, der je auf Allahs schöner Erde gelebt hat." Wieder streckte Kütschük Nasreddin seine Hand aus. Diesmal schlug der Fotograf lachend ein und stellte seinen ersten Fuß auf die goldene Truhe.

Während Agop nun fleißig zu schrubben begann, stellte sich Kütschük Nasreddin auf ein kleines Mäuerchen, wedelte etwas mit seinen Armen und erhob seine Stimme zur doppelt versprochenen Geschichte:

„Hört her, ihr lieben Leute, ich will euch vom weisen Hodscha erzählen, dessen Nachbar eines Tages vor seiner Tür stand. An diesem Tage brachte der Nachbar, der einen unehrenhaften Ruf führte, dem Hodscha ein Kleidungsstück, welches er gestohlen hatte. Er sagte: 'Sieh Hodscha, ich habe diesen Mantel hier, kannst du ihn für mich auf dem Markt verkaufen?' Und obwohl sich der Hodscha im Klaren darüber war, dass sein Nachbar den Mantel gestohlen haben musste, willigte er ein. Daraufhin begab er sich zum Markt, um sich seines Auftrags zu entledigen. Kaum war er jedoch eingetroffen, da nutze ein Dieb im günstigen Moment das Gedränge und entwendete dem Hodscha das Kleidungsstück. Dieser aber machte sich nichts daraus und ging reinen Gewissens wieder nach Hause. Dort empfing ihn schon der Nachbar und forderte sein Geld. Der Hodscha entgegnete ihm jedoch: 'Auch wenn ich es über den gesamten Marktplatz rief, der Mantel war nicht zu veräußern. Ich wollte das gute Stück gerade wieder mitnehmen, da fand sich ein kluger Kopf und nahm mir den Mantel zum Einkaufspreis wieder ab. So sind wir ihn, Lob und Dank sei Allah, doch noch losgeworden.'"

Während Kütschük Nasreddin seine Geschichte vom Mäuerchen aus vorgetragen hatte, waren einige Passanten stehen geblieben, um den Worten des Jungen zu lauschen. Ein finsterer Geselle mit langen schwarzen Haaren war darunter, genau wie eine junge Frau mit zerlumpten Kleidern. Ein Junge mit einem Stück Kuchen in der Hand, eine Gruppe Polizisten und auch zwei britische Soldaten mit ihrem Dragoman, die nach dem Grund für den Menschenauflauf schauen wollten, hatten sich versammelt. Auch aus den Reihen der Turbanträger waren der Weißbärtige und eine Handvoll anderer gekommen. Bei den letzten Worten des Hodschas aus der Geschichte gaben sie ein lautes 'Amin' von sich.

„So denn", sagte der von den Erzählkünsten des Jungen sichtlich beeindruckte Fotograf, „ein jeder bekommt, was er verdient. So will auch ich mein Wort halten und eine Fotografie von euch beiden anfertigen. Na los, stellt euch schon vor die Linse!"

Die umherstehende Menschenansammlung löste sich, trotz des Endes der Geschichte, nicht auf. Ganz im Gegenteil: Sie gingen nun selbst dazu über, einander Geschichten voller Weisheit und Witz zu erzählen. Da war der Polizist, der vom Esel erzählte, auf dem der Hodscha falsch herum gesessen hatte, und die Frau in Lumpen, welche zu berichten wusste, wie der weise Hodscha eines Tages blaue Perlen an seine beiden Gemahlinnen verschenkte.

So unterschiedlich diese Menschen auch waren, die Freude über die Erzählungen ihrer Kindheit verband sie in jenem Augenblick.

Erst als ein kleiner Beamter des Weges kam, dämpfte sich ihre Heiterkeit. Denn der Beamte der Hohen Pforte schrie laut auf, als er den Fotografen in der Mitte der Gruppe erkannte.

„Dass ich nach so vielen Jahren ausgerechnet heute auf Euch treffen muss", sagte der Beamte zornig und erinnerte sich nur zu gut an die Begegnung am Bahnsteig.

„Was brüllt Ihr denn so herum, Effendim", schaltete sich einer der Polizisten ein und auf den Fotografen deutend ergänzte er: „Kennt ihr den Mann? Hat er sich etwas zu Schulden kommen lassen?"

„Nein, nicht direkt", antwortete der Beamte. „Es ist nur..."
Auch die letzten Lacher waren verstummt und alle Umstehenden hatten sich dem Hinzugekommenen zugewendet.

„So redet schon! Was erzürnt euch dermaßen?"
„Ich komme geradewegs vom Palast. Unser hochwohlgeborener Padischah packt seine Koffer. In Ankara hat man das Sultanat für abgeschafft erklärt."

177

*

„Vielleicht", überlegte Kütschük Nasreddin, „werden die Moscheen in Stambul jetzt zu Häusern für die Kranken und Armen."

ANMERKUNG

Die in den drei Geschichten des reisenden Italieners zitierten Artikel stammen aus den folgenden Zeitungen:

Der schüchterne Valentino: „Der Krieg im Orient" aus der Frankfurter Zeitung (und Handelsblatt) vom 30. Dezember 1914.

Der gejagte Valentino: „Italien, der Krieg und der hl. Stuhl" aus der Rheinischen Volkszeitung (Wiesbadener Volksblatt) vom 26. Mai 1915.

Der rätselnde Valentino: „Kein Feind mehr auf Gallipoli" aus der Wochenzeitung Der Morgen (Wiener Montagblatt) vom 10. Januar 1916.